The
NAKED RAINBOW
and OTHER STORIES
El arco iris desnudo
y Otros Cuentos

Dear Rachel,

Enjoy my stories

from the

hinterland.

Best wishes,

Jasario

The

Naked Rainbow
and Other Stories

El arco iris desnudo

y Otros Cuentos

Nasario García

UNIVERSITY OF NEW MEXICO PRESS

ALBUQUERQUE

© 2009 by University of New Mexico Press
All rights reserved. Published 2009
Printed in the United States of America

14 13 12 11 10 09   1 2 3 4 5 6

Library of Congress Cataloging-in-Publication Data

García, Nasario.
The naked rainbow and other stories = El arco iris desnudo y otros cuentos /
Nasario García.
    p. cm.
English and Spanish.
ISBN 978-0-8263-4599-8 (pbk. : alk. paper)
  1. Mexican Americans—New Mexico—Río Puerco Valley
      (Río Arriba County-Socorro County)—Social life and customs.
  2. Río Puerco Valley (Rio Arriba County-Socorro County, N.M.)
      —Social life and customs.
  3. Sandoval County (N.M.)—Social life and customs.
  4. New Mexico—Social life and customs.
  I. Title. II. Title: Arco iris desnudo y otros cuentos.
PQ7079.2.G35N35 2009
863'.64—dc22
                                            2008041620

Designed and typeset by Mina Yamashita.
Composed in Minion Pro, an Adobe Original typeface designed by Robert Slimbach.
Printed by Thomson-Shore, Inc. on 55# Natures Natural.

To

Janice M. Smith García.

My wife of many pleasant

days,

nights,

and

loving moons.

"The source of all pleasure and delight

is the feeling of kinship."

—Arthur Schopenhauer, *The Art of Literature*

Contents

❧

FOREWORD

The Naked Rainbow and Other Stories: El arco iris desnudo y Otros Cuentos is a collection of creative short stories. My childhood village, Ojo del Padre (Guadalupe in more contemporary times), its environs, and the people of the Río Puerco Valley southeast of Chaco Canyon in New Mexico in many respects have provided the inspiration for these stories. Hence, each component is an essential piece of the creative backdrop and process. But it is the realistic and folkloric life of the characters that blends together with the imaginary—and in some cases perhaps the surreal—to create the strands that bind together the ensuing stories as the fabric of life comes alive. Any conceived idea or character, however realistic or esoteric, was then placed upon or within an environment that bears some resemblance to a world that is familiar to—not alien from—my own cosmos.

Some characters profess their own self-avowed goodness and survive; others succumb to the foibles of human nature. Regardless of the circumstances, laughter, compassion, and introspection are omnipresent throughout the stories. Whether experienced by an innocent child, an adolescent, or a mature man or woman, the ups and downs of common, ordinary people in the hinterland may be local in purpose but far-reaching and universal in scope.

Over the years, both as a student as well as a teacher of literature, the different literary genres have intrigued me, but their most alluring aspect, regardless of the genre itself, has been the portrayal of the common people (*la gente del pueblo*) and my empathy for them. My interest in certain authors and their works, both peninsular (Spanish and Portuguese) and Latin American, underscores my appeal in that regard. This attraction has come about because of the cultural and linguistic kinship between the land and people of my own childhood and that of populations beyond our borders. Living in Spain, Portugal, and Mexico for extended periods of time as well as visiting several other Latin American countries has also broadened my appreciation for the common folk in general and those in rural New Mexico in particular.

In *The Naked Rainbow and Other Stories: El arco iris desnudo y Otros Cuentos* the characters can be viewed as serious or humorous, weak or strong, morally conscious or wicked, altruistic or niggardly. In the main, however, they are products of their milieu whose principles transcend the world in which they exist and roam about. Right or wrong they are who they are and what they seek in a universe they view as transparent and legitimate.

Even though my family's roots stretch across more than two hundred years in my native state of New Mexico, my mother tongue is Spanish, and the stories were written in this, my first language. The translation into English is my own, and a bilingual glossary juxtaposing regional terms with those of modern usage, and reflecting local idioms, has been included for the benefit of the Spanish-speaker unfamiliar with northern New Mexican Spanish.

A comment on the inherent dilemma of translation is in order for the reader. Language and culture are irrevocably intertwined; one cannot exist without the other. And so it is with the characters encountered in *The Naked Rainbow and Other Stories: El arco iris desnudo y Otros Cuentos*; they reflect for the most part this linguistic and cultural dichotomy. From the strong-willed women in "The Naked Rainbow," the inimitable doña Predicanda and her raggedy truck, or the grumpy old men in "The Cursed," to the tale-tattlers in "The Girl with Three Breasts," their lexicon is central to the attributes each one espouses and the world they symbolize. While some of the Spanish may be archaic and regional in scope, countless usages are colorful expressions of local invention that enhance both the landscape and vitality of the characters.

The trick, however, in translating plays on words, double entendres, or idiomatic expressions rests in conveying as humanly as possible the spirit of the target—language and its nuances. Translation, as I have pointed out on other occasions, is not a perfect science. Pitfalls exist, above all when language reflects people's mode of communication. As translator you find yourself between two opposing and oftentimes seemingly irreconcilable linguistic worlds. For that reason, I have tried to maintain the integrity of language without diluting the linguistic and cultural world people stand for, emulate, or promote. I hope I have succeeded.

What I have endeavored to accomplish in *The Naked Rainbow and Other Stories: El arco iris desnudo y Otros Cuentos* is to develop fictitious characters who mirror the common people in the countryside not so much from without but from within their own environment. I have also attempted to represent them devoid of fanfare, but with finesse, humor, imagination, moral strength, compassion, and appeal to the reader. It is my hope that in some small measure the foregoing objectives have been met.

Acknowledgments.

As a writer or scholar you glow with pride when the fruits of your labor find their way onto the printed page, oftentimes after you've been immersed in a project for months or years. Excitement reaches an apogee of sorts but is tempered by relief when the end greets the beginning and the journey is realized. Along the way a cadre of friends and colleagues has accompanied you on this marvelous venture. They in essence symbolize and act as a supporting cast. Next to having a work see the light of day, nothing is more delightful than saluting each one enthusiastically for his or her support.

In the world of prose fiction no one is more in tune with what works or doesn't in narrative than John Nichols, whom I can never thank enough for his meticulous reading of my stories and the insightful critique, suggestions, and genuine encouragement to "filter" and forge ahead. To the Cravens, Barbara and Jack, for whom love of literature across cultures is immeasurable, I offer a thousand thanks for their perceptive comments regarding content and the creative process.

Working with two languages—Spanish and English—can be a tricky balancing act. But readers like Michele C. García, my "third" eye, who can spot and smooth bumps in English faster than I can blink an eye, help put writers like her father at ease. And Richard V. Teschner's knowledge of New Mexican Spanish is second to none.

Of course, no support in the publishing arena can be complete without the likes of Luther Wilson, Director, the University of New

Mexico Press, and his superb staff, who never skip a beat in seeing one's work brought to fruition in a timely and professional fashion. To each of them I extend my heartfelt appreciation for their full cooperation and competent support.

A Naughty Little Boy

"What saddled horse awaits you? Why are you stuffing food down your throat?" the grandmother asked Juanito with a trace of sarcasm.

"I'm very hungry," he responded while he continued eating at full speed.

"As hungry as you are, you're going to get stomach cramps if you continue cramming food and swallowing without chewing it," added his grandma.

In spite of her manner of speaking, she hardly ever expressed herself with such coldness. Very rarely did she speak to her grandson, whom she loved dearly, in that fashion.

"Mamá Nez"—that's what Juanito called her from the time he was two years old because he couldn't pronounce Inez—"after my food settles, can I go play with Roberto and the other kids?"

"Aha! No wonder you're in such a hurry. A missing tooth doesn't lie. No, *hijito*. You better not go. You took a bath today, and tomorrow, Sunday, we have to go to Mass. If you go play, you're going to get dirty. No, you better not go," she repeated.

Juanito was crestfallen, very distressed. He wanted to go play hide-and-seek with Roberto and his other cousins because he knew Sonia Zamora and her family were visiting. The Zamoras, friends of Roberto's parents, came from a nearby village called La Tuerca.

Juanito Molina didn't have a mother, and one could hardly say that he even had a father. His mother, Carolina, had died from an unknown illness when he was barely four years old. He was now eight. Word has it that she was very pretty and an extremely nice

2 📌 Nasario García

person. All of the Molina family liked her very much, especially Juanito's grandparents. For them she had been a marvelous and caring daughter-in-law, and because of that, more than anything else, they had committed themselves to raising Juanito.

The scuttlebutt in El Desagüe, where the Molinas lived, was that on the day of Carolina's interment at the local cemetery, Macario, Carolina's husband, appeared in tattered clothing, resembling a tramp, looking rickety and bellowing like a bull, spouting off all kinds of indiscreet curses toward the heavens. The loss of his wife, whom he loved dearly, was now lodged in his heart, a heart seething with hostility. As a result of his misfortune, he unleashed all his fury against his own family, who was least to blame.

From the day of the funeral onward, Macario practically abandoned his son, as well as his parents. He went to see them very infrequently, and only because he felt guilty. Juanito scarcely knew him, and he hardly missed him. Life with his grandparents was a very happy one, despite his grandma's strictness.

Shortly after supper, his grandma was looking for him like crazy, but she couldn't find him anywhere. Finally she found him hiding under the bed.

"What are you doing under there?" she asked.

"I have a stomachache."

"Come now, out. I warned you. That's what you get for eating so fast. Let me make you a little bit of atole (blue corn gruel) and then you go to bed," she said more compassionately.

Juanito did as his grandma said, all the while feigning a stomachache. While she was preparing the atole, he contemplated his plan to sneak away. The truth is that he longed to see Sonia, whom he had met while playing hide-and-seek the last time she came with her family to spend a few days with Roberto's parents. That's when he fell head over heels for her.

"Here, hijito. Drink this atole and then go to bed so you can sleep well," words that were music to his ears.

"I couldn't have set a better trap myself," he thought to himself. He had always liked atole, but what he absolutely disliked were those blue and white granules that got stuck between his teeth. *"It doesn't matter,"* he said to himself, *"because Sonia won't be able to see my teeth at night."* Mamá Nez was back in a few minutes.

"Did you finish drinking the atole, hijito?"

"Yes, Mamá Nez. I don't want any more. I want to go to sleep," he said holding his stomach.

"Okay. Rest." She planted an affectionate kiss on his forehead, noticing that he didn't have a fever.

Juanito's bedroom was the one his parents had used when his mother was still alive. After they were married, don Filimón, Macario's father, built them the bedroom in Macario's parents' home.

Once it got dark, Mamá Nez went to see how her patient was doing. As he heard the door hinges squeaking, Juanito pretended to be asleep. His grandma, thinking that he had really fallen asleep, entered quietly so as not to wake him up. She covered his shoulders with a blanket and left.

A few minutes went by, then he thought for a moment before proceeding with his escape plan. He grabbed a shoe from the clothes closet to prop up the window slightly. That way he would be able to come back in without much difficulty and without making too much noise after playing with his cousins. He finally built up enough courage to slip away. Off in the distance he could hear the shouting of the kids playing hide-and-seek.

The first thing he did was to quietly climb over the window frame while resting the window sash on his right shoulder. As he planted his left foot on the ground, he held onto the window sash with both hands until he was able to plant both feet on the dirt. Then he carefully lowered the window on top of the shoe with the toe pointing upward.

He began his escape meticulously and courageously, but by the time he lowered the window sash on top of the shoe, his legs were trembling and droplets of sweat were running down his temples from being so nervous for having disobeyed his grandma.

Once he was a fair distance from the house—and it's a good thing his dog didn't take notice of his flight—he took off running to reach his cousins' house in a hurry. It was off a ways, about a quarter mile, maybe less.

The autumn night was awash with semidark clouds, but he could see more or less all right. From time to time he stumbled on a rock or a stick in the middle of the dirt road until he finally reached his destination.

"What's up, Juanito?" hollered his cousin Roberto, the first one to see him. "Why are you so late? Didn't you tell me today you'd be here as soon as you finished eating supper?"

Not knowing what excuse to offer, Juanito lied to him.

"I was helping Mamá Nez wash dishes."

"Okay, you guys," shouted Roberto once again. "Here's Juanito. He's also going to play with us."

"It's his turn," shouted one of them.

"Yes, he's it," added another voice from the dark, while the moon began to come and go from behind the clouds.

"Okay." "Are you ready?" asked Juanito, anxious to see Sonia.

Juanito went up to the house walls that faced east where the moon was shining a little, at a place called "touch pad." With his face resting on his right forearm, he tried to sneak a look underneath his elbow to see where everyone went. Then he hollered,

> I hide myself,
> in a deep hole,
> until I grow,
> like a mushroom.

Upon hearing the word mushroom, everyone dashed to hide at the same time. They scattered in different directions. Some hid inside the trunk of a dead tree. Others were squatting next to a sagebrush and so forth, while Juanito searched for them. "I'm coming, I'm coming. Everybody knows who I am," he roared before someone emerged, running from his hiding place, to try and touch the touch pad. If someone touched it before Juanito did, that kid was saved. If not, then one of them was "it" and had to protect the touch pad.

The first one who came out running was Toñito, Sonia's little brother, but Juanito beat him because the poor thing had one leg shorter than the other and limped when he ran. Now it was Toñito's turn to guard the touch pad. There they were—hide and I shall find you, hide and I shall beat you—but poor little Toñito couldn't outrun anybody.

Everyone kept on hiding. Some even got lost. Juanito had not been heard from for quite a spell. Like a fool he was looking and looking for Sonia but couldn't find her. He couldn't even hear her. At last he heard her voice, bursts of laughter, and silly giggles. There she was with Roberto. The two of them were hiding in the outhouse, each one sitting in separate cutout holes. Juanito couldn't believe his eyes. Then he said to himself, *"Ah, the heck with it! She stinks now anyway."*

Following a long interval, Toñito started crying because he couldn't outrun anyone and by now he was tired of playing. That's when the game ended, but for Juanito it was a propitious moment. After his disappointment with Sonia, he was anxious to get back home as soon as possible.

Instead of retracing his footsteps down the dirt road, he decided to cut across some fields that bordered those of his grandfather next to the river. It would be closer that way though he would have to go by two places, El Jonuco and El Coruco, both of which had produced a litany of stories concerning witchcraft and evil spirits. El Jonuco was known as the witches' corner, while El Coruco was renowned for being a haunted place where chains presumably rattled at night.

A little ways beyond those two places was the cemetery. Notwithstanding the entire buzz Juanito had heard about people and their bad experiences with superstitious places, he was determined to go this route because he would save time getting home.

Juanito had been so immersed in the game of hide-and-seek that he had almost forgotten all about his escape. As he continued walking, he thought more about what he had done. The more he thought about it, the more scared he got and the more he hurried. He was pounding the ground hard as he walked.

He didn't have far to go to reach El Jonuco. Juanito remembered at that very moment a chat between Mamá Nez and a friend of hers regarding a widow, doña Brígida, who lived in El Jonuco. She lived in a small house, up against a hill, which was barely visible from the road. Brígida the Witch is what some people nicknamed her. Others called her La Cabrera (the Goat Lady) because she raised many goats.

Whether it was summer or winter, she was always dressed in black. Many people claimed that she was still in mourning because her husband had died very young. She was seen very little during the day, and at night, well, the truth wasn't known, although people suspected she left the house, as all witches do, for her nightly ventures to carry out her evil doings.

Juanito approached El Jonuco after going down La Cuestecita de Chihuahua. Then he thought about doña Brígida the Witch. He neither saw anyone nor heard anything. He continued walking. It didn't take long to reach El Coruco. He got goose bumps and thought he heard voices, but he couldn't see anything.

About the time he neared the cemetery, he felt an overwhelming fear. Instead of running, he paused thinking he was hearing noises, voices. He even heard footsteps following him and a tapping noise. First he felt brave; then he got scared. His hair stood on end. His legs were shaking. He tried to run, but he couldn't. His legs felt hobbled like those of a horse. Then they turned rubbery.

All of a sudden he sensed something touching his heels, but he dared not look to see what it was. The tapping continued. Finally he built up enough courage to turn around, and he saw what appeared to be a small, ghostlike object walking behind him. As he looked the second time, he got a better look at it, thanks to the moon that had begun to light up his trail a bit better.

It was a little black and white dog trying to nip at his heels. But there was something strange because it didn't bark. Every time the dog tried to bite Juanito, he kicked it trying to push it away until Juanito finally landed one right smack in its front legs. But

nothing happened. It didn't even growl. The little dog tried to bite
him again, but this time Juanito turned around and give it a good
kick right in the snout. No sooner had he kicked it than the little
dog gave out an ugly howl. Juanito had never heard a dog howl like
a person. On about the second or third howl, the little dog jumped
up and scratched the right side of his face—from the temple down
to the jaw. Immediately he felt drops of blood running down his
cheek. The more he touched his face and felt the pain from the
scratches, the more scared he got. Meantime, the little dog disappeared into the cemetery.

As Juanito got close to home, the moon shone brighter, so
he was able to run without tripping over the stubble in the cornfields. Juanito's own dog heard him and barked two or three times
without knowing who it was. Juanito called him right away, as
quietly as he could. "Chopo, Chopo. Come, come," he said to
him. He stroked him and calmed him down so his grandparents
wouldn't wake up.

When Juanito reached his escape window, the first thing he
noticed was that the shoe he had left in the window sash had disappeared. The window was also closed. He tried to open it without
making noise but couldn't. *"Now what am I going to do?"* he muttered. He started thinking. He was sure he had placed the shoe
with the toe pointed upward to hold up the window.

The pain and throbbing from the scratches on his cheek
wouldn't go away. They hurt more and more.

He tried opening the window one more time. As he raised
the window sash with more force, since the window wasn't locked
from the inside, bang! The window snapped, and up it went like a
roll-up shade.

"Who is trying to come through the window at this late hour?

Who is the night cat that found a way out but can't get back in?" asked the grandma sarcastically, covering her mouth to disguise her voice.

"It's me," responded Juanito, whose voice was barely audible from being so frightened.

Pretending not to recognize her grandson's voice, Mamá Nez spoke again.

"May the daring person who comes to ward off my grandson's sleep at this late hour be cursed. May the adventurer who can't find a hole to climb back into be cursed," exclaimed the grandma in a mysterious sort of way.

"It's me, Mamá Nez. It's me," repeated Juanito in a desperate tone of voice upon recognizing his grandma's voice.

"Come, come. That's what you get for being a naughty boy."

Right about that moment she lit the kerosene lamp where Juanito slept. The first thing she saw was blood running down his face. Poor grandma was frightened.

"Goodness gracious! Come, come. Get close to the light. What happened to you, hijito? Where have you been that you're all bloody? May God spare us from all evil doings," she uttered as if guessing what had happened to him.

He proceeded to explain verbatim what had happened to him near the cemetery in his encounter with the little black and white dog. She felt sorry for her grandson, but she also got angry because he had disobeyed her. She then told Juanito that they weren't claw scratches but fingernail scratches, perhaps those of a wandering spirit from purgatory who was grieving for its sins before God sent it to heaven.

After Mamá Nez rubbed the fingernail scratches with cobwebs—one of her remedies—so they wouldn't bleed anymore,

Juanito went to bed. For the moment, he didn't want to think anymore about dumb puppy love adventures. His romantic illusion of Sonia Zamora after he found her hiding with his cousin Roberto in the outhouse left him very unhappy.

That night—what was left of it—Juanito slept off and on. It was one nightmare after another. He tossed and turned. He fought and fought with the pillow. Even the chicken feathers from the pillow starting flying. His sweating and trembling also kept him awake. Every time he started to fall asleep, he woke up, thinking that something was nipping at his heels, believing that someone was scratching his face. That's how he spent the entire night. First he slept, and then he didn't.

When he least expected it, it was dawn. He gave up trying to sleep. A little while later he heard his grandma puttering around in the kitchen. She was always the first one up, so she lit the fire in the woodstove and made her husband coffee. Juanito knew very well that his grandma would not be long in coming to shake him so he would hop out of bed. Besides, he had to get ready for Mass. No sooner said than done; his grandma didn't dillydally.

"Shake a leg, hijito. Get up. You've slept enough. You're going to rot in bed," she said jokingly, not knowing that he had spent a restless night. "How's your cheek?" she asked, giving him a quick glance since she was in a hurry.

"Okay," he answered.

"Wonderful! Come, hijito. Put on your good clothes so we can go to Mass."

The sun had begun to peek behind the Mesa Prieta. Juanito could hear his grandpa in the kitchen sipping his coffee and dunking his tortilla. He hardly ever fasted because he rarely went to confession to receive Holy Communion. After eating breakfast

Juanito's grandpa went to hitch up the team of horses while Mamá Nez finished getting dressed.

The three of them ready, they hopped on the wagon. Juanito was sitting in the middle. Mass was in the tiny village of Ojo del Padre. El Desagüe, where they lived, was perhaps some one or two miles away.

When they were approaching El Jonuco and El Coruco, Juanito felt some strange chills. He was shivering. Even his legs shook. Thanks to the movement of the horse wagon, fortunately, his grandparents didn't notice his discomfort. Juanito couldn't help but think of the shock he suffered with the little black and white dog the previous night.

It didn't take them long to get to church. They went in and sat down in one of the front pews. The priest was already hearing confessions from the elders on down to the younger kids. Each person went in and came out of the confessional. Juanito, since he still hadn't made his first Holy Communion, didn't have to go to confession.

As Mass ended, the faithful left the church to greet their relatives and friends out front before going home. Juanito looked all over without being able to spot Roberto or his other cousins. He also didn't see Sonia. So much the better because he didn't want them to see his face all scratched up.

"Let's go, hijito," said his grandma. "People are coming by to see us later on."

They hopped on the horse wagon and were on their way, trotting along. From time to time the cracking sound of grandfather's whip could be heard. It didn't take them long to reach El Jonuco.

As they went down La Cuestecita de Chihuahua, they saw a herd of goats in the middle of the road. They were alone, unattended. Juanito and his grandparents got closer to the goats. With the racket from the horse wagon, a woman who was hiding behind quite a huge sagebrush bush jumped out. It was doña Brígida the Witch! The Goat Lady.

Covering her face with the shawl she was wearing, she greeted them good morning, but without the traditional salutation since witches never employ the name of God in their greetings.

"Good morning," she uttered with a modicum of respect, and nothing else.

"Good morning to you (may God grant you a good morning)," responded don Filimón and Mamá Nez.

"Let me get the goats out of the way so you can get through."

A black, stubborn, wandering goat took off running. Doña Brígida went after her somewhat hurriedly when all of a sudden her shawl got caught in some cacti next to the road, leaving her face uncovered. Mamá Nez right away noticed that her mouth was very swollen and bruised. She also noticed that she was limping, but Mamá Nez didn't say a word to her husband or to Juanito. They just continued home.

"Come, hijito. Take off your good clothes and put on your others."

No sooner had Juanito gone to his bedroom than he heard his grandparents talking about doña Brígida the Witch.

"Listen, Filimón," said his wife. "Did you see how Brígida's mouth was all swollen?"

"No," he responded.

"And did you see how she was limping?" she added.

"No. I didn't see anything. I didn't even notice."

"Well, listen carefully. The snout and front legs are where Juanito whacked the little dog last night. And it isn't all coincidence.

I believe that little dog was Brígida herself. You know of course that a witch is capable of turning into an animal or a bird when she's out roaming at night doing her dirty stuff?"

"Yes, that's what I understand," he commented without putting too much stock in what his wife was saying.

"No wonder they say that doña Brígida is a witch," she added. "The old hag! My poor hijito."

Juanito couldn't help but overhear his grandmother's consoling words. In one way or another, he felt exonerated after having disobeyed Mamá Nez, but everything that night also taught him a good lesson. Mindful and respectful even at his tender age of his grandmother's wisdom, he recalled one of her favorite sayings, "Matters learned as a child are never forgotten."

Un niño malcriao

—¿Qué caballo ensillao t'espera? ¿Por qué estás ahi atarugándote los bocaos?—le preguntó la abuela a Juanito con cierto sarcasmo.

—Tengo muncho hambre—respondió él mientras seguía comiendo a toda carrera.

—Con el hambre que tienes, te darán calambres si sigues zampándote la comida y tragándotela tan recio sin mascala—añadió su abuelita.

Pese a su modo de hablar, casi nunca se expresaba ella con aquel despego. Muy de vez en cuando hablaba de esa forma con su nieto, a quien tanto quería.

—Mamá Nez—así la llamaba Juanito desde que tenía dos años porque no podía pronunciar Inez—, después que se me baje la cena, ¿puedo ir a jugar con Roberto y la otra plebe?

—¡Aha! Con razón estás tan apurao. El diente molacho no miente. No, hijito, vale más que no vayas. Hoy te bañates y mañana domingo tenemos que ir a misa. Si te pones a jugar, te vas emporcar. No. Vale más que no vayas—volvió a repetirle.

Juanito se quedó cabizbajo. Muy desconsolado. Quería ir a jugar al escondite con Roberto y sus otros primos porque sabía que Sonia Zamora y su familia estaban de visita. Los Zamora, amigos de los padres de Roberto, venían de un pueblito cercano, La Tuerca.

Juanito Molina era huérfano de madre y casi ni tenía lo que se podría llamar padre. Su mamá Carolina había fallecido de una enfermedad desconocida cuando él apenas cumplía unos cuatro años. Ahora tenía sus ocho. Se dice que ella era muy guapa y simpatiquísima. Toda la familia Molina la quería mucho, en particular los abuelitos de Juanito. Para ellos había sido una nuera estupenda y cariñosa, y por eso, más que nada, se habían comprometido a criar a Juanito.

Se contaba en El Desagüe, el lugarcito donde vivían los Molina, que el día del entierro en el camposanto, Macario, el marido de Carolina, apareció trajeado como un trampe. Se veía todito destartalado y es que echaba unos bufidos como un toro y unas maldiciones despegadas contra los cielos. La pérdida de su esposa, a quien tanto amaba, ahora recalcaba en un rencor arraigado en su corazón. A consecuencia de su desdicha, lanzaba toda su furia contra su misma familia, la que menos culpa tenía.

Desde el día del funeral en adelante, Macario abandonó casi por completo a su hijo y a sus mismos padres. Iba a verlos muy a menudo, y solamente porque se sentía culpable. Juanito apenas lo conocía, y casi ni lo echaba de menos. Pasaba una vida muy a gusto con sus abuelitos, a pesar de que su abuelita era bastante rígida con él.

Poco después de la cena, su abuelita lo buscaba como loca, pero no lo hallaba en ningún sitio. Por fin lo encontró escondido debajo de la cama.

—¿Qué haces metido ahi abajo de la camalta?—le preguntó.

—Tengo dolor d'estógamo.

—Anda, salte de ahi. Te lo dije. Eso te sacas por comer tan recio. Déjame hacerte un poquito de atole y luego te vas a la cama—le dijo con más compasión.

Juanito hizo lo que le pidió su abuelita, pero fingiendo todo el tiempo un dolor de estómago. Mientras ella preparaba el atole, él contemplaba su plan para escabullirse. La verdad es que tenía unas ganas insoportables de ver a Sonia, a quien había conocido jugando al escondite la última vez que vino con su familia a pasar unos días con los padres de Roberto. Fue entonces que se picó con ella.

—Toma, hijito. Bébete este atole y luego te acuestas pa que duermas bien—palabras que le sonaron de las mil maravillas.

"Mejor trampa no podría haber puesto yo mismo," pensaba calladito. Siempre le había gustado el atole, pero lo que le disgustaba en absoluto eran aquellos granitos de maíz blanco y azul que se le quedaban pegados entre los dientes. *"No le hace,"* dijo, *"porque de noche no me verá los dientes Sonia."* Dentro de unos minutos regresó mamá Nez.

—¿Ya te acabates de beber el atole, m'hijito?

—Sí, mamá Nez. Ya no quiero más. Me quiero dormir—dijo deteniéndose el estómago.

—Güeno. Descansa—y le dio un besito en la frente, dándose cuenta que no tenía ni fiebre.

La recámara de Juanito era la que habían usado sus padres cuando su mamá todavía estaba viva. Después de casarse ellos, les había construido don Filimón, el papá de Macario, esa habitación.

Una vez que se hizo oscuro, fue de nuevo mamá Nez a ver cómo estaba su paciente. Al oír rechinar las bisagras de la puerta, Juanito se hizo el dormido. Su abuelita, creyendo que de veras se había quedado dormido, entró calladita para no despertarlo. Le cobijó los hombros con una manta y se salió.

Transcurrieron unos cuantos minutos. Luego Juanito se quedó pensando un rato, antes de seguir adelante con su plan de escape. Cogió un zapato del ropero para sostener el bastidor de la ventana para dejarla entreabierta. Así podría volver a entrar sin mucha dificultad y sin hacer mucho barullo después de jugar con sus primos.

Por fin se dio valor para escabullirse. Muy a lo lejos oía los gritos de la plebecita que jugaba al escondite.

Primero se trepó quietecito por el marco de la ventana mientras que respaldaba el bastidor sobre el hombro derecho. Al poner el pie izquierdo en la tierra, detuvo el bastidor con las dos manos hasta que pudo poner ambos pies en la tierra. Luego dejó bajar con precaución el bastidor sobre el zapato con la punta del dedo hacia arriba.

Empezó todo aquel escape con mucho cuidado, y con mucho valor, pero ya para cuando respaldó el bastidor sobre el zapato, le temblaban las piernas y le escurrían gotas de sudor por las sienes de lo nervioso que estaba por desobedecer a su abuelita.

Una vez que se vio un poco retirado de la casa—y menos mal que su mismo perro no se diera cuenta de su salida—pescó corriendo para llegar pronto a la casa de sus primos, la cual quedaba poco retirada. Tal vez estaría a un cuarto de milla, o quizás menos.

La noche de otoño estaba poblada de unas nubes medio oscuras, pero Juanito podía ver más o menos bien. De vez en cuando tropezaba con una piedra o un palo en el camino de tierra hasta que al fin llegó a su destino.

—¡Quihúbole, Juanito!—le gritó su primo Roberto, el primero que lo vio llegar—. ¿Por qué llegas tan tarde? ¿Qué no me dijites hoy que venías nomás acababas de cenar?

No hallando qué excusa darle, le echó una mentira Juanito.

—Estaba ayudándole a mamá Nez lavar los trastes.

—Güeno, muchachos—volvió a gritar Roberto—. Aquí tenemos a Juanito. Él tamién va jugar con nosotros.

—Le toca a él—gritó uno de ellos.

—Sí, le toca a él—añadió otra voz desde lo oscuro, mientras empezaba a entrar y a salir la luna de entre las nubes.

—Güeno—contestó Juanito—. ¿Listos?—ansioso de ver a Sonia.

Se arrimó Juanito contra la pared que daba al levante donde relumbraba un poco la luna, al sitio que llamaban el "toque." Con la cara sobre el antebrazo derecho, trataba de espiar por debajo del codo para ver a dónde arrancaba cada quien. Entonces gritó,

Yo me escondo,
en un joyo jondo,
hasta que crezco,
como un hongo.

Al oír la palabra hongo, partieron todos a la vez a esconderse. Se desparramaron por todos rumbos. Unos se metían dentro del tronco de un árbol muerto, otros estaban en cuclillas al lado de un chamizo y así, mientras que Juanito salía en busca de ellos. "Voy, voy. Todos saben quién soy," rugía antes de que alguien saliera corriendo de su escondite para tocar el toque. Si alguien lo tocaba antes de que lo tocara Juanito, se salvaba ese jugador. Si no, le tocaba a uno de ellos proteger el toque.

El primero que salió corriendo fue Toñito, el hermanito de Sonia, pero Juanito le ganó porque el pobrecito tenía una pierna más corta que la otra y cojeaba cuando corría. Ahora le tocaba guardar el toque a Toñito. Allí estaban todos—escóndete y que te hallo, escóndete y que te gano—, pero el pobrecito de Toñito no le ganaba a nadie.

Todos seguían escondiéndose. Unos hasta se perdían. Ya hacía buen rato que no se oía nada de Juanito. Andaba busca y busca como tonto a Sonia, pero no la hallaba. Ni la oía. Al fin oyó su voz y unas carcajadas y risitas de niños. Allí la halló junto con Roberto. Estaban escondidos los dos en el escusao, cada uno sentado en un hoyo. Juanito no podía creerlo. Luego dijo para sí, *"Ah, ¡qué importa! Al cabo que ora apesta ella."*

Tras un largo rato, se soltó llorando Toñito porque no le podía ganar a nadie y ya estaba cansado de jugar. Fue cuando se acabó el juego, pero para Juanito resultó el momento propicio. Después de su desconsuelo con Sonia, estaba con ansias de volver a casa lo antes posible.

En vez de retrasar sus pasos por el camino, decidió atravesar unos terrenos próximo al río que pegaban con los de su abuelo. Por allí sería más corto aunque tendría que pasar cerca de dos sitios, El Jonuco y El Coruco, los cuales gozaban de un sin fin de cuentos sobre brujerías y espíritus. El Jonuco se conocía como el rincón de las brujas, mientras que El Coruco tenía fama de ser un lugar encantado donde sonaban cadenas de noche.

Un poco más allá de esos lugares estaba el camposanto. A pesar de todo aquel runrún que había oído Juanito de gente y sus malas experiencias con lugares supersticiosos, estaba determinado en irse por estas sendas porque se ahorraría tiempo en llegar a casa.

Juanito había estado tan involucrado en el escondite, que se le olvidó casi del todo su escape. Según caminaba, más pensaba en lo que había hecho. Cuanto más pensaba, más miedo le entraba, y más se apuraba. Allí iba metiéndole chancla a la tierra.

No faltaba mucho para llegar al Jonuco. Recordó Juanito en aquel instante la charla de su mamá Nez y una amiga suya tocante a una viuda, doña Brígida, la cual radicaba en El Jonuco. Vivía en una casita, arrinconada contra una loma, que apenas se podía ver desde el camino. Brígida, la Bruja, la apodaba alguna gente. Otras personas la llamaban la Cabrera porque tenía muchas cabras.

Fuera verano o invierno, siempre andaba vestida de negro. Muchos decían que todavía andaba de luto porque su marido había fallecido muy joven. De día se veía muy poco ella, y de noche, pues, no se sabía, aunque se sospechaba que salía, como toda bruja, en sus andanzas nocturnas para llevar a cabo sus males.

Se aproximó Juanito al Jonuco después de bajar La Cuestecita de Chihuahua. Luego pensó en doña Brígida, la Bruja. No vio ni sintió nada. Siguió caminando. No tardó en llegar al Coruco. Se le puso la piel como carne de gallina. Creyó oír voces, pero no veía nada.

Cuando ya se iba acercando al camposanto, le comenzó a entrar un miedo agobiante. En vez de correr, se detuvo creyendo que oía ruidos. Voces. Hasta creía sentir unos pasos que lo seguían y unos golpecitos. Primero le dio valor; luego le pegó un miedo. Se le paraban las mechas en el aire. Le temblaban las piernas. Quiso correr pero no pudo. Se le trabaron las piernas como las patas de un caballo maneado. Luego se le volvieron atolate.

De pronto sintió unos toques en los zancarrones, pero no se atrevía a ver qué era lo que le tocaba. Los toques continuaban. Por fin se dio valor, miró hacia atrás, y vio lo que parecía un bulto chiquito que caminaba detrás de él. Al dar un vistazo la segunda vez, lo vio un poco mejor, gracias a la luna que alumbraba su vereda más o menos bien.

Era un perrito blanco y negro que trataba de morderle los zancarrones. Pero cosa más rara no había visto porque no le ladraba. Con cada mordida que trataba de darle, le soltaba Juanito una patada queriendo quitárselo de encima hasta que le plantó una buena pero buena en una de las patas. Pero nada. Ni siquiera gruñía. Una vez más trató de morderlo el perrito, pero esta vez se le volteó Juanito y le tronó una buena patada en el mero hocico. Nomás en cuanto se la plantó, y pegó un aullido muy feo. Jamás había oído Juanito a un perro gruñir como si fuera una persona. Como al segundo o tercer aullido que pegó, bríncale el perrito y rasgúñale el lado derecho de la cara—desde la sien hasta la mandíbula. Pronto sintió que le chorreaban gotas de sangre en la mejilla. Mientras más se tocaba la cara y sentía el dolor de los arañazos, más temor le entraba. Entretanto, el perrito desapareció rumbo al camposanto.

Al acercarse Juanito a casa, la luna ya se veía bien clara, de manera que pudo correr con prisa sin tropezar con los rastrojos en las milpas. El mismo perro de Juanito lo sintió y ladró dos o tres veces sin saber quién era. Pronto lo llamó Juanito, calladito como pudo. "Chopo, Chopo. Ven, ven," le decía. De una vez lo acarició y lo apaciguó para que no despertaran sus abuelitos.

Cuando llegó Juanito a la ventana por donde se había escapado, lo primero que notó fue que el zapato que había dejado en el bastidor, había desaparecido. La ventana también estaba cerrada. Quiso abrirla sin armar ruido, pero no pudo. *"¿Ahora qué voy hacer?"* dijo entre los dientes. Se puso a pensar. Estaba seguro que había puesto el zapato con la punta del dedo hacia arriba para sostener el bastidor.

El dolor y la punzada de los rasguños en la mejilla no se le quitaban. Le dolían más y más.

Hizo el esfuerzo de abrir la ventana otra vez. Al levantar el bastidor con más fuerza, ya que no estaba atrancada la ventana por dentro, ¡zas! Arriba fue a dar como una celosía que pierde la cuerda.

—¿Quién es el que quiere entrar por la ventana a estas horas de la noche? ¿Quién es el gato trasnochador que encontró salida pero no entrada?—preguntó la abuelita de una manera sarcástica, tapándose la boca para disfrazar su voz.

—Soy yo—contestó Juanito, cuya voz apenas se oía del miedo.

Pretendiendo no reconocer el habla de su nieto, volvió a hablar su mamá Nez.

—Maldito sea el atrevido que viene a espantar el sueño de m'hijito a medianoche. Maldito aventurero que no jalla ajuero por donde meterse—exclamó la abuelita de una forma taumatúrgica.

—Soy yo, mamá Nez. Soy yo—repitió Juanito en un tono desesperado al reconocer la voz de su abuelita.

—Di, di. Eso sí, por ser malcriao con tu mamá Nez.

En aquel momento prendió ella la lámpara de aceite donde dormía Juanito. Lo primero que le vio fue la sangre que le escurría por la cara. La pobre se quedó atemorizada.

—¡Válgame Dios! Ven, ven. Acércate a la luz. ¿Qué te pasó, hijito? ¿Dónde has andao que vienes too ensangrentao? Dios nos libre de too maleficio—dijo como si adivinara lo que le había acontecido.

Ya le estuvo explicando él al pie de la letra de aquel encuentro con el perrito blanco y negro cerca del camposanto. A ella le dio lástima con su nieto, pero también se enfadó por haberla desobedecido. Ya le dijo a Juanito que no eran arañazos sino uñazos de una persona. Quizás fueran los de alguna ánima del purgatorio que andaba penando por sus pecados antes de que Dios la enviara al cielo.

Después de frotarle mamá Nez los uñazos con telarañas—unos de sus remedios—para que no se sangrara más, se acostó Juanito. Por el momento, no quería pensar más en aventuras tontas y amorosas de niños. Su ilusión romántica que guardaba de Sonia Zamora después de hallarla escondida con su primo Roberto en el escusao, lo dejó desconsolado.

Esa noche—lo que restaba de ella—Juanito durmió a respingos. Fue una pesadilla tras otra. Se daba vueltas y vueltas en la cama. Luchaba y luchaba con la almohada. Hasta las plumas de gallina volaban. Los sudores y temblores que le pegaban tampoco lo dejaron dormir. Cada vez que iba quedándose dormido, se le espantaba el sueño, creyendo que algo le mordía los zancarrones. Creyendo que alguien le rasguñaba la cara. Así se la pasó toda la noche. Que dormía y que no dormía. Cuando menos quiso, llegó la madrugada. Ya no trató de dormir. Al ratito oyó a su abuelita traficando en la cocina. Ella siempre se levantaba primero, prendía lumbre en la estufa y le hacía café a su marido. Juanito sabía muy bien que su abuelita no tardaría en entrar a sacudirlo para que saltara de la cama. Además, tenía que alistarse para ir a misa. Dicho y hecho. Su abuelita tardó poco.

—Anda, hijito. Levántate. Ya basta de dormir. Se te va hinchar el cuajo—le dijo en broma sin saber que había pasado una noche revoltosa—. ¿Cómo está el cachete?—preguntó dándole un mirada rápida ya que andaba de prisa.

—Bien—contestó él.

—¡Qué bueno! Anda, hijito. Ponte tu ropa buena pa irnos a misa.

El sol empezaba a asomarse detrás de la Mesa Prieta. Oía Juanito a su abuelito en la cocina sorbiendo su café y sopeando su tortilla. Él casi nunca ayunaba porque se confesaba muy a lo lejos para ir a comulgar. Después de desayunar se fue el abuelito a prender el tiro de caballos. La abuelita siguió vistiéndose.

Listos los tres, se subieron en el carro de caballos. Juanito iba sentado en medio. La misa era en la placita del Ojo del Padre. El Desagüe, donde ellos vivían, quedaba quizás a una o dos millas.

Cuando fueron acercándose al Jonuco y al Coruco, le dieron unos escalofríos feos a Juanito. Tiritaba. Hasta las mismas piernas le temblaban. Gracias al movimiento del carro del caballos, sus abuelitos afortunadamente no se dieron cuenta de su malestar. No pudo menos de pensar en el rebato que llevó con el perrito blanco y negro la noche anterior.

Tardaron poco en llegar a la iglesia. Entraron y se sentaron en uno de los bancos frente al altar. El padre ya estaba confesando a la gente—desde los mayores hasta los jovencitos. Cada persona entraba y salía del confesonario. Juanito, como todavía no hacía su Primera Comunión, no tuvo que confesarse.

Al terminarse la misa, salieron todos los fieles a saludar a sus parientes y a sus amistades delante de la iglesia antes de irse a casa. Juanito vigilaba por todas partes sin ver a Roberto y a sus otros primos. Tampoco vio a Sonia. Menos mal porque no quería que le vieran la cara toda rasguñada.

—Ámonos, hijito—dijo su abuelita—. Nos va llegar gente más tarde.

Se subieron en el carro de caballos y aquí van. Trote y trote. De vez en cuando se oía el traquido del chicote en el aire, del abuelito. No tardaron en llegar al Jonuco.

Al bajar La Cuestecita de Chihuahua, vieron un hatajo de cabras en medio del camino. Andaban solas. Sueltas. Se fueron acercando a las chivas, Juanito y sus abuelitos. Con el estrépito del carro de caballos, saltó una mujer que estaba escondida detrás de un chamizo grandote. ¡Era doña Brígida, la Bruja! La Cabrera.

Tapándose la cara con el tápalo negro que llevaba puesto, les dio los buenos días, pero sin el saludo tradicional ya que las brujas nunca emplean a Dios en sus saludos.

—Buenos días—dijo con cierto respeto ella, y nada más.

—Buenos días le dé Dios—respondieron don Filimón y mamá Nez.

—Déjenme quitar las cabras del medio del camino pa que pasen.

Arrancó corriendo una cabra negra, terca y errante. Partió en pues de ella doña Brígida con cierta prisa cuando de repente se le enredó el tápalo en unas entrañas al lado del camino, dejándole la cara al aire libre. Pronto se dio cuenta mamá Nez que tenía la boca muy hinchada y morada. También se fijo que cojeaba, pero no les dijo nada mamá Nez a su esposo y a Juanito sino que siguieron ellos su camino hasta que llegaron a casa.

—Anda, hijito. Quítate la ropa güena y ponte otra limpiecita.

No acababa de meterse Juanito en su recámara cuando oyó a sus abuelitos que hablaban de doña Brígida.

—Oye, Filimón—dijo su esposa. ¿Vites cómo tenía la trompa toa hinchada la Brígida?

—No—respondió él.

—¿Y vites cómo cojeaba?—añadió ella.

—No. No vide nada. Ni me fijé.

—Pos, escucha bien. El hocico y la pierna es donde le tronó Juanito al perrito anoche. Y no es pura casualidá. Yo creyo que el perrito ese era la Brígida misma. ¿Tú sabes que una bruja es capaz de volverse animal o ave cuando anda de noche haciendo sus cochinadas?

—Sí, es lo que tengo entendido—comentó él sin darle mucha importancia a lo que decía su esposa.

—Con razón dicen que es una bruja doña Brígida—agregó ella—. ¡Vieja soroche! Pobrecito m'hijito.

Juanito no pudo menos de escuchar aquellas palabras condolientes de su abuelita. De una forma u otra las veía como una absolución después de haber desobedecido a su mamá Nez, pero lo de aquella noche le sirvió de buen escarmiento. Consciente y respetuoso, aun a su edad tierna, de la sabiduría de su abuelita, recordó uno de sus dichos favoritos, "Lo que se aprende en la cuna, es para siempre."

Doña Predicanda

Ah, what a woman that doña Predicanda! She couldn't have been given a better name at the baptismal font. She exhorted, foretold, and more than anything else, she prevailed. Well, almost always, given that the world she inhabited was not perfect either.

The name doña Predicanda was known throughout the Río Puerco Valley. It wasn't so much because of the gossip that traveled from village to village, but due to the stories that circulated underscoring her adventures and mischief. There was something magnetic about her personality that attracted attention because there was hardly a soul who didn't have something funny to recount about doña Predicanda. The curious thing is that very few people spoke negatively about her, in spite of her outlandish behavior. The fact is, just about everyone, even the younger ones, admired her. She was a real character, a true legend.

She was not a tall woman, but what she lacked in height, she added in width to her physique. She weighed her good pounds. As she walked, whether alone or accompanied, one could not mistake her presence or her appearance. She stood out. Her husband was a piñon nut in comparison.

Well, the scuttlebutt had it that she once had a husband, but the strange thing is that in Rincón del Cochino where she lived, only a handful—because there were few people—recall having seen a husband. A few old folks insisted that she had been married to an older man. Apparently one night he got drunk and slighted her in front of friends and other acquaintances while at a dance in the village of Ojo del Padre. Since he was still a bit tipsy from the many drinks he had consumed, as they were crossing the river after the fandango on their way home, they got into a scuffle. It was then and there that she allegedly shoved him from the horse wagon and the current swept him away.

And what about offspring? None at all! The evil tongues claimed that the husband was a he-mule (that is, sterile). Be that as it may, doña Predicanda now lived all alone in a small hut up against a mesa where once upon a time hogs were raised and where she now spent her days sewing and mending clothes. That's how she earned her money. Once in a while a few acquaintances and friends of hers would stop by to visit with her and have a cup of coffee and *bizcochitos* (anise-cinnamon cookies) or pumpkin turn-overs she always had made.

Every year on May 15 San Ysidro's Day was celebrated in the small village of San Ysidro near Jémez Pueblo in honor of the patron saint of the farmer. Doña Predicanda and the people from the Río Puerco Valley never failed to attend the fiestas. Year after year she and her black horse went in a horse carriage she owned. She took piles of clothing to sell that she had sewn during the year, whether they were shirts, dresses, sunbonnets, blouses made from flour sacks, or wool caps she had crocheted for children.

The villages of the Río Puerco Valley practically emptied for the San Ysidro fiestas. From Casa Salazar, to Ojo del Padre, to Cabezón and San Luis, the people rode in their covered wagons. The caravan grew with each succeeding village. Some of the men, among them the young ones who thought of themselves as being real hot stuff, rode their finest horses. By the time the caravan reached San Ysidro, it was a string of covered wagons full of men, women, and children, all of them ready to celebrate the San Ysidro fiestas.

However, doña Predicanda was the only person riding a horse carriage. For that reason, from the moment she joined the caravan in Ojo del Padre, until reaching San Ysidro, she was at the head of the pack. People treated her like a celebrity, like a queen.

Doña Predicanda and the rest of the entourage arrived the day before the fiestas began, which as a rule lasted three days unless the weather turned bad. In addition to the folks of the Río Puerco Valley, many others from around San Ysidro attended, including the Indians from Jémez Pueblo. Once in a while a few Indians from Zía Pueblo went to the fiestas.

Those from Jémez Pueblo carted dried fruit, such as peaches, apricots, or apples, because fruit was something that was not harvested in the Río Puerco Valley. The fruit was either sold or exchanged for wheat, pinto beans, *chicos* (dried corn), or regular corn, staples that were plentiful in Ojo del Padre and the other villages. The Indians from Jémez also took clay pots with them to trade; people used them for cooking pinto beans with chicos.

There were also booths where jars of fruit, vegetables, or beef were sold that the women from the villages had canned during the winter. In addition one could purchase corn or wheat flour or beef jerky. A man here and there took a horse, kid (goat), lamb, or sheepskins to barter with the Indians.

Besides the social and commercial aspect, there was a series of activities and games throughout the day in honor of San Ysidro. Everyone had a great time. The music almost never stopped. Uninterrupted chatting between friends and other acquaintances also added to the festive mood. At night there was a dance that at times lasted until the wee hours.

A small procession in which San Ysidro was paraded outside the church was always a given. From here the people went across the mother ditch (a main irrigation ditch) and took him to a corn-field that the priest blessed. This symbolic gesture included all the harvest fields in the community and every farmer who tilled the land in those environs. Upon returning with the farmer's patron saint back to the church, several little old ladies came out from their homes and joined the procession until reaching the church where Mass was celebrated before the day's celebration began in earnest.

At the main entrance to the church, as was customary every year, there was a booth. Two women, one of them being the mayor-domo's wife, were selling raffle tickets for a drawing that they them-selves were promoting on behalf of the church. This year, for the first time in the history of the San Ysidro fiestas, a small truck was being raffled off that an anonymous gentleman had donated because he was getting up in years and he had trouble driving. Moreover, he suffered from poor eyesight. Only the mayordomos knew the good gentleman, who lived in another village far from there.

The small truck itself was quite old, by no means new. It had a canvas roof that was a bit tattered and full of holes. The roof looked like it had been shot at with a shotgun. Whenever it rained, which was rather infrequently in those parts, the roof leaked like water being pored through a sieve. But, if it wasn't too hot, the canvas top could be removed to drive with it down. The wheels on the truck were big with wooden spokes like axe handles. The wind-shield could be cranked opened slightly frontward, which allowed for fresh air, although on sultry days it was more like hot soup hit-ting you in the face full blast.

"Raffle, raffle! Raffle tickets for sale!" shouted the mayor-domo's wife.

Of course the raffle in that small village, as was true in many other Hispanic communities, was always part of the hoopla.

Whether a person won or not was of little consequence. The important thing was to try your luck and support the local church. The game of raffle was part of folklore, part of a tradition deeply rooted in the character of every man and woman.

"Come, come, check out the raffle," bellowed the other woman in the stand. "Only two bits per ticket. Win yourself a dandy truck. Ride in style. Quit riding on horse wagons or fancy carriages," she added with an ironic smirk on her face.

"Come close, doña Predicanda! Don't be afraid. Get with it, get with it! There's no such thing as not having money," said the mayordomo's wife in reference to the money doña Predicanda earned as a seamstress.

She always made out very well with her clothes. She earned a good penny from year to year. It was rare for her not to sell everything. Consequently, she built up enough courage and bought a ticket.

On the third day, that is, the last day of the fiestas, the drawing was held. There were several consolation prizes, but the grand prize, the real McCoy, as people called it, was that little truck. After the first winners were announced, the priest himself showed up for the grand drawing. From a tin tub almost overflowing with tickets—because an enormous quantity had been sold—the luckiest ticket holder would be honored.

Everyone was hollering and whistling. Some were even singing while they awaited the big announcement.

"Luck, luck, if not you're a schmuck!" came the playful words from a voice in the crowd.

Then the priest summoned a little girl of about six years and asked her to pick a ticket from the tin tub. She stuck her little left hand in and out came a ticket.

"The left hand brings bad luck," shouted a voice. The little girl then handed the priest the ticket.

"Alfredo Tachías!" announced the priest without hesitation, but no one responded. "Is there someone named Alfredo Tachías present?" asked the good priest.

"He went back to Cabezón yesterday," answered a gentleman who knew him.

Since it was essential for the winner to be present to win, another drawing had to take place. The priest asked the little girl one more time to draw a ticket from the tin tub. This time she stuck her right hand in, drew one, and gave it to the priest. He looked at it, even studied it, and reacted with great enthusiasm.

"Doña Predicanda from Rincón del Cochino!" he roared in that round, thick voice of his that could be heard throughout San Ysidro.

With her arms uncontrollably in the air, as if flapping her wings to fly, doña Predicanda took off running with that square body of hers that took up a fair share of space and that of two more persons whenever she walked or galloped. The earth seemed to tremble underneath her weight. She was so excited, she almost stumbled over a dog that was lounging in the sun. The priest was waiting to congratulate her. Everybody was applauding. She, like many others present, had never won a thing in her life.

It wasn't long before the whispering began among the people, such as, "How's she going to manage without knowing how to drive? What will she do now with her horse carriage? How will she manage to take that jalopy home?" Questions that conjured up more curiosity than concern.

Well, right then and there the priest handed the key—and the crank—to doña Predicanda. A friend of hers, Telesfor Jaramillo, in years past had a truck just like it and thus promised to teach her how to drive. For the moment the most urgent thing was how to take her grand prize home. She and Telesfor agreed that he would drive the truck back to Rincón del Cochino, in spite of the years gone by since he had driven.

When he went to start the truck, it wouldn't kick over. Then one of Telesfor's nephews tried to start it with the crank, but failed. Sooner or later they discovered that the poor truck didn't have a battery. After cursing the person who donated the truck, doña Predicanda bought a battery with a portion of the clothes money she had earned at the fiestas.

The novelty of being the only woman in all of her valley with a truck fascinated doña Predicanda. For that matter, there weren't too many men who owned trucks, either. Only two, but they lived in two other villages far from where she lived.

As time went on she more or less learned to drive, thanks to her friend, Telesfor Jaramillo, but she had her share of scary experiences—and bumps. From time to time, not realizing how fast she was driving, she would lose control of her truck on the sandy roads and bang! She'd end up in an arroyo, although she had the good fortune of never rolling over.

From the very onset the brakes didn't function right. Little by little she had to rely on the hand brake, but at times she would forget to brake, whether it was using the regular brakes or the hand brake. As a result she would jump sagebrushes like a bucking horse or hop over lumps of earth like a jackrabbit. Other times she would land her truck on top of a rock or up against a boulder. Sooner or later the truck looked more like a dented pan, a real jalopy. The fenders and bumpers themselves had their share of scrapes.

The more daring doña Predicanda became in her driving habits, the more dust she raised on the dirt road between Rincón del Cochino and the small village of Ojo del Padre. That's where people congregated to celebrate any old thing, whether it was a dance, a wedding, or a baptism. Whenever people saw—whether from afar or close up—those clouds of dust and dirt that looked like dust bowls, they already knew it was doña Predicanda.

Since the truck didn't have a horn—another one of the raffle vendors' misdeeds, according to doña Predicanda—she used a large cowbell. She tied it in front of the radiator with a rope that ran across the hood, through and under the windshield, reaching the floor on the right-hand side of the driver's seat. Every time she saw someone in the middle of the road, she'd pull the rope. At times she rang the cowbell either without thinking or purely as a prank just to attract attention. Many were getting accustomed to her noisy cowbell sounds. Once people heard the cowbell, they knew that doña Predicanda was coming or that she had reached her destination. She and her cowbell were inseparable. They made such a racket together as if to say, "Get out of our way or we will squash you." And of course these words had certain merit because if some poor soul found himself in the middle of the road, he took off running. At times not even doña Predicanda knew where her truck was going to land.

That's why it was so full of dents. The number of times she had landed in an arroyo was enough to shock every good car or truck driver. Her friends were already used to rescuing her and her truck from arroyos. But she had the luck of a fortuneteller, that is, a gypsy. She never got hurt. Of course she got her scratches and a bump here and there on her forehead, but that was the least of her worries. She would look for grease in the truck's axles, rub it on her wounds, and from one day to the next, she was healed, ready for her next mishap or misadventure.

Doña Predicanda was truly entertaining. Not only did she amuse herself, but she also entertained everybody else, to say nothing of the animals. Even the poor animals, in particular the cows and donkeys that always seemed stuck in the middle of the road, got scared and took off running whenever they saw her coming. The dust and her famous cowbell were testimony to her sighting!

June 24, Saint John's Day, was one of the most popular days in Ojo del Padre. A series of activities took place. The most popular, of course, was the rooster pull, but races—horse races, footraces, or gunnysack races—also enjoyed great popularity.

A month after doña Predicanda won her jalopy, as many people had come to call it, something new was added to Saint John's Day. Someone suggested that she race in her truck, which she found rather amusing. The idea enthralled her, in fact. As a consequence, she challenged everyone who had a good horse, as well as those who were the most fleet-footed. There were even two or three donkeys and one mule, but doña Predicanda was more than a match for these animals, especially the donkeys since they're so dense and as a rule not very fast.

The race against the young boys was also a big joke. She beat all of the small fry. There was only one, Alfonso, who had the reputation of running like a deer. Some people went so far as to say that he was born running. He's the only one who almost defeated doña Predicanda, but as they approached the magical line, she crossed the finish line like a lightning bolt, choking her competitors with all the dust she raised. "There you are, you clowns," she muttered. Everybody applauded her, because the boys had been making fun of her and her piece of junk before the race.

The horse race against the older men was something else. The horses took off at full gallop while doña Predicanda's little truck looked as if it just stood still. By the time they crossed the magical line or goal, the only thing that could be seen was the dust and the horses' tails and a bit farther back doña Predicanda. Little by little she emerged from those clouds of dust, but it was too late. Despite everything, there were the boys once again, laughing and poking fun at her. "You'll get yours, you rascals," she muttered to herself. "One of these days you'll get yours, you disrespectful brats."

A second race was held with a group of older men who were up in years. The youngest one probably was around seventy years or so. The majority of them could barely get on a horse, but the end result was the same. Poor doña Predicanda lost badly! The old men themselves made spurious remarks.

Someone among the elderly women suggested that a few men should be picked and for them to race against doña Predicanda to see who would win. But this time the anonymous old woman proposed that doña Predicanda be given a head start of some 150 feet (the stretch where they raced was a little more than a quarter mile) until her truck picked up speed.

No sooner said than done. The men selected their horse racers. And those in charge of the race—the church mayordomos—agreed with the competitors as to the race rules they were to follow.

"Ready, everyone? One, two, three, ready, set, go!" shouted the mayordomo to doña Predicanda.

She took off in her little truck as fast as she could. As she was about to reach one hundred feet or so from the start, the horsemen took off after her, trying to catch her. It wasn't long before they caught up with her. They were neck and neck with her. There went the men running and running, galloping and galloping. First they'd go ahead. Then they'd fall behind, going at the poor old woman, teasing her.

"Dig the spurs into that truck," said one of them as though it were a horse. "Egg it on!" he yelled while he spurred his horse.

Doña Predicanda would only look at them out the corner of one eye with her hands firmly on the steering wheel, gnashing her teeth from being so angry. "You'll get yours, you scoundrels. I'll get even with you, you worthless bums. Old shitheads," she grumbled. But with the horses galloping, it was impossible for them to hear her.

"Why yes, prick the truck in the pubic region," shouted another voice from a daring old man with a smile on his face.

"Okay, boys," hollered another man, as though they were young. "Forge ahead!"

"Forge ahead is the word," repeated another one of them.

This last old man had barely uttered his last word when all at once they bunched up trying to pass doña Predicanda. At that given moment she clutched the steering wheel with her left hand. With her right hand she grabbed tightly the rope that she used with the cowbell. She was ready for war! Just as they started passing her, she pulled the rope. She jerked the dickens out of it. With the terrible noise coming from the cowbell, the horses got frightened.

Some dispersed one way, others went in a different direction. Two or three horses even jumped the fence without their riders being able to control them. Those men were beside themselves, not knowing what to think. And for sure the same thing could have been said of their horses. If they could only have put their thoughts into words, surely they would have said something. The sounds of the cowbell left everyone, men as well as horses, dazed.

"Good grief, compadre!" said one of the old men. "How embarrassing!"

"Just imagine. We really took it in the chin. We really screwed up," commented another old man.

Doña Predicanda busted a gut laughing all the way until she crossed the magical line. In the distance, in the village, one could hear the applause of the little old ladies. As for the small fry? Well, they were left with their mouths open seeing that doña Predicanda had won the race.

Before returning to the site where the women and the rest of the spectators were, doña Predicanda paused for a moment. She got down from her truck and picked up a rock weighing four or five pounds. When she was about to reach the place where her female companions were, she placed the rock up against the accelerator, removed the top from the cab of the truck, and stood up. There she was smartly, moving slowly, waving triumphantly at every villager as though it were a parade. At times she waved with both hands in the air. Even the young boys gave her an ovation. Never had anyone seen such a spectacle in Ojo del Padre on Saint John's Day.

As for the men, why, they couldn't find a place small enough to hide! They were running around like badgers or prairie dogs in search of their burrows. Not one of them was laughing; they were so embarrassed.

Next day—a Sunday—Mass was celebrated in the village. The priest had come from Jémez, something he did once a month unless the weather turned ugly. That morning, as she usually did, doña Predicanda got up early to go to Mass. She put on one of the dresses that she had sewn together recently. It was made of black cloth that she had bought through the merchandise catalogue.

Her dress, black shoes, shiny gold buckles, and a black mantilla all matched. Mourning was part of her profile, which left no doubt that she had been married. Either that or she had been fooling a lot of people!

She grabbed the crank, gave it two or three good revolutions, and the truck started. She got in and took off. There she was, raising dust as usual. It didn't take her long to get to Clemente Salazar's house, a compadre of hers who resided in El Aguaje, not too far from Ojo del Padre. He had been waiting a few moments to accompany her to Mass.

"May God grant you a good morning, compadre. How are you this morning?"

"Very well, *comadre*. And you?"

"Why just fine. Here with this truck of mine. Hop on."

They didn't travel far when suddenly doña Predicanda noticed that the truck was pulling to the right. She tried with all her might to straighten it, but nothing doing. The truck had a mind of its own, trying to leave the road. Finally her compadre took notice of the struggle between his comadre and the steering wheel.

"What's wrong, comadre?"

"I don't know. This darned truck is acting stubborn as a jackass. It wants to leave the road. Just imagine how headstrong this truck is. You would think this doggoned truck was drunk."

"Stop, comadre. Let's see what's wrong."

She stopped. Her compadre got down to explore the situation and immediately saw what was wrong.

"No wonder!" he exclaimed. "The tire needs air, comadre. It's almost flat. Do you have an air pump or not?"

"Ooh! Who knows? Those scoundrels in San Ysidro didn't even give me a battery. How in tarnation could they have given me an air pump?" she said in a sarcastic tone of voice.

Then she got down and said to her compadre Clemente, "Look and see if there's one underneath my seat with the rest of the tools, next to where the battery and the rope to the cowbell are."

Sure enough! That's where he found the air pump. For years and years Clemente Salazar had sheared sheep in Torreón with the Navajos. Consequently, he still had enormous forearms and a pair of hands that could strangle someone in a flash. He connected the pump. There he was, up and down, up and down, bending his knees every time he pumped. He didn't take long in pumping the tire, but you could tell that he had gotten tired.

"Okay, comadre. There you are. The tire's fixed," he said, almost out of breath.

They hopped back on, and doña Predicanda accelerated, aware that time was getting away from them and that Mass was about to start. The more she stepped on the gas, the more dust she raised. They didn't travel far when all of a sudden the truck starting pulling again. Without her compadre uttering a word, she stopped the truck. She got down and saw that the tire needed air again. Meanwhile, her compadre had placed the pump next to his feet, suspecting for sure that the pumping scene would be repeated anew. This time both doña Predicanda and her compadre Clemente shared the task. Upon finishing, the two of them not only were tired, but the droplets of perspiration also blended with the dust on their faces.

All of a sudden horrible gusts of wind began to whip up before they crossed the Río Puerco. While they were crossing, they heard the last tolling of the church bell. As they got to the church, which was close to the river, no one could be seen. Everyone was inside. The Mass had begun.

Since doña Predicanda had her own private pew toward the front, near the altar, all the parishioners saw her come in with her compadre Clemente Salazar. Both of them were quite disheveled: he with a rooster tail, and she with her hair sticking up in the air. Unfortunately, the priest also took notice of the two "scarecrows" who had just come in.

Mass was celebrated. The older people and the children who had gone to confession the day before, that is, Saturday and Sunday morning before Mass, took Holy Communion, including doña Predicanda, who had gone to confession on Saturday. Once Mass was over, the priest made a few announcements, including a reminder to all of the older people about tithes, first fruits, and other obligations to the Roman Catholic Church.

Father Bernardo was a huge German with a red face. Many people swore that he drank a lot of wine. That's why his face looked like a tomato. Moreover, he could be mean and ruthless with people. If he had something to say, he hurled his insults without mincing his words. He was known for having embarrassed men as well as women for any little thing that he deemed inappropriate. His last words that morning before blessing all of the faithful were directed at doña Predicanda and her compadre, albeit not by name.

"My dear brothers and sisters. When you come to Mass, please have the courtesy of arriving on time. *Respect-the-word-of-God*," he warned, pronouncing each word with a certain precision and emphasis.

No sooner had the last word escaped his mouth, when doña Predicanda stood up.

"Listen, my dear little father," she charged in a sarcastic tone of voice. "Don't be like other individuals who cast a stone and hide their hand. It seems to me that it's better to arrive late than to be caught by the side of the road pumping up and down," she said, her eyes spitting fire.

She was barely through talking when everyone burst out laughing. Poor doña Predicanda didn't realize what she had said or the reason for all the laughter. Everybody stood up to leave. The priest was at the door bidding everyone good-bye. Some he shook hands with while others whom he knew better he hugged. As for doña Predicanda, he didn't even give her the time of day.

"Let's go, compadre," she said in a bitter tone of voice. "Here even your own people laugh at you. They don't have any respect. It's not our fault we had a flat tire!"

Infuriated, she cranked her truck, and she and her compadre took off without noticing that the tire was again flat. She went down the slope like a crazy woman until she reached the riverbed. Given how fast she was going and how furious she was, she lost control, and the truck got stuck in the mud. She tried to get it out, but nothing doing.

"We've had it, compadre. We're stuck for good."

Doña Predicanda, determined and independent as she was, thought for a moment and then said to her compadre Clemente, "I'm going over to borrow my friend Salvador's team of horses. He was in church, and if I hurry I can catch him before he leaves the house. He lives next to the church. I'll be right back. I guarantee you, we'll get this little truck out in no time at all."

While she walked to look for her friend Salvador, Clemente Salazar stayed back waiting for her under the shade of a tree. A few people went by on horse wagons and saw that the truck was really stuck. It had its rear wheels up in the air like a duck with its tail sticking up in the water.

Doña Predicanda went up the river slope and immediately saw

that her friend Salvador was home. He was using a can to water a small garden he had to one side of his house. She returned with the team of horses. As she got to the river bottom where the truck had gotten stuck, she couldn't see it. It was nowhere to be found. She couldn't see her compadre, either. "I wonder what in the devil has happened?" she uttered in a soft voice. Then she gave out a holler.

"Compadreeeeeee! Where areeeeee you?"

But there was no response. You could scarcely hear the gurgling of the small amount of water that the river was carrying. All at once she saw her compadre crouched underneath some shrubs. Doña Predicanda went to find out what had happened. There was her compadre crying like a child.

"What's wrong, compadre? Why are you crying? What happened to the truck?"

"It's gone. It's gone," is all he could answer while sobbing.

"What do you mean it's gone? Where to?" she asked. "Down! Down!" is all that her compadre Clemente could answer.

"What do you mean, downstream! The river hardly has any water."

"No, down," and he kept pointing with his index finger. "The river swallowed it up. The earth swallowed it."

Doña Predicanda understood the situation perfectly well. Then she embraced her compadre to console him, and she said to him, "Let it be, compadre. Let it rest in peace. Anyway it only cost me two bits!"

DOÑA PREDICANDA

¡Ah qué mujer aquella doña Predicanda! Mejor nombre no se le podría haber dado en la pila del bautismo. Predicaba, predecía y más que nada, prevalecía. Bueno, casi siempre, puesto que el mundo en que vivía ella tampoco era perfecto.

Por todo el Valle del Río Puerco se conocía el nombre de doña Predicanda. No era tanto por el mitote que corría de pueblito en pueblito sino las historietas que circulaban pronunciando sus aventuras y travesuras. Había algo magnético en su personalidad que llamaba la atención, porque no faltaba quién contara cualquier cosa chistosa de doña Predicanda. Lo curioso es que muy pocos hablaban mal de ella, a pesar de su comportamiento estrafalario. El hecho es que casi todos, hasta los más menores de edad, la estimaban. Era un verdadero tipo. Una verdadera leyenda.

No era una mujer alta, pero lo que le faltaba de alto, añadía de ancho a su cuerpo. Pesaba sus buenas libras. Al andar, ya fuera sola o acompañada, uno no equivocaba su presencia. O su apariencia. Se distinguía. Su marido era un piñón, en comparación.

Bueno, se decía que tuvo marido, pero lo raro es que en el Rincón del Cochino donde ella vivía, eran pocos—porque había muy poca gente—los que recordaran haberle visto marido. Algunos ancianos se aferraban en que sí fue casada. Aparentemente una noche se emborrachó el esposo y la menospreció delante de amigos y otros conocidos en un baile que hubo en la placita del Ojo del Padre. Como todavía iba medio atarantado de los muchos tragos que había tomado, al cruzar el río después del fandango camino a casa, iban peleando. Fue allí donde lo empujó ella del carro de bestias y se lo llevó la corriente.

¿E hijos? Ni hablar. Las malas lenguas acreditaban que el marido era un mulo. Sea como fuere, doña Predicanda ahora vivía solita en un jacal pegado a un rincón de una mesa donde en tiempos pasados se criaban muchos marranos. Allí se pasaba los días enteros cosiendo y remendando ropa. Así se ganaba su plata ella. De vez en cuando llegaban algunos conocidos y amigos suyos a visitarla y a tomar su tacita de café y sus bizcochitos o empanaditas de calabaza que siempre tenía hechos.

Todos los años para el 15 de mayo se celebraba el Día de San Ysidro en honor del santo patrón de los labradores en el pueblito de San Ysidro cerca del pueblo de los indios de Jémez. Doña Predicanda y la gente del Río Puerco no dejaban de ir a las fiestas. Ella y su caballo prieto iban año tras año en un bogue que tenía ella. Llevaba consigo a vender sus montones de ropa que cosía durante el año, ya fueran camisas, túnicos, papalinas, blusas hechas de sacos de harina o gorras para los niños que había tejido al gancho.

Los pueblitos del Valle del Río Puerco casi se vaciaban para las fiestas de San Ysidro. Desde Casa Salazar, Ojo del Padre, hasta Cabezón y San Luis, la gente techaba sus carros de caballos con carpas o lonas. La caravana iba creciendo con cada pueblito. Algunos varones, entre ellos los jóvenes que se creían más entrones, montaban sus mejores caballos. Ya cuando llegaba la gente a San Ysidro, era un chorro de carros llenos de hombres, mujeres y niños, listos todos para festejar las fiestas de San Ysidro.

Sin embargo, doña Predicanda era la única persona en un bogue. Por eso, a partir del momento en que ella acompañaba la caravana en Ojo del Padre, hasta llegar a San Ysidro, ella iba delante. La gente la trataba como una persona célebre. Como una reina.

Doña Predicanda y los demás llegaban el día antes de empezar la fiesta, la cual solía durar tres días a no ser que hiciera mal tiempo. Además de la gente del Río Puerco, asistían muchos otros de los alrededores de San Ysidro, incluso los indios de Jémez. De vez en cuando iban algunos indios del pueblo de Zía.

Los de Jémez llevaban sus frutas secas, ya fueran duraznos, albaricoques o manzanas, porque la fruta era algo que no se daba en el Río Puerco. Vendían la fruta o la cambiaban por trigo, frijol, chicos o maíz, todo lo cual abundaba en Ojo del Padre y los otros pueblitos. Los indios de Jémez también llevaban ollas de barro que la gente compraba para coser sus frijoles con chicos.

También había vendibles donde se vendían fruta, verduras o carne de res que había empacado la gente del Río Puerco durante el invierno. Incluso se podía comprar harina de maíz, trigo o carne seca. Alguno que otro hombre llevaba su caballo, cabrito, borreguito o zaleas para tratar con los indios.

Además del aspecto comercial y social, había una serie de actividades y juegos durante el día en que se honraba a San Ysidro. Todo el mundo se divertía. La música casi nunca faltaba. La plática constante entre amistades y otros conocidos también animaba el ambiente festivo. Por la noche había un baile que a veces duraba hasta la madrugada.

Inclusive había una pequeña procesión en la que se sacaba al santo labrador de la iglesia. De allí cruzaba la gente la Acequia Madre y lo llevaban a una milpa que el padre bendecía. Este gesto simbólico incluía todas las cosechas de la comunidad y a todo labrador que trabajaba la tierra por aquellos alrededores. Al regresar con San Ysidro a la iglesia, había varias viejitas que salían de sus casas y acompañaban la procesión hasta estar de vuelta en la iglesia donde se celebraba la misa antes de que empezara el festejo del día.

A la entrada principal de la iglesia, como era costumbre todos los años, había un vendible. Dos mujeres, una de ellas la esposa del mayordomo, vendían billetes para una rifa que promovían ellas mismas por parte de la iglesia. Este año, por primera vez en la historia de las fiestas de San Ysidro, se rifaba una troquita que había donado un señor porque ya entraba en edad él y le costaba trabajo manejar. Además, padecía de la vista. Solamente los mayordomos sabían quién era el buen señor que vivía en otro pueblito retirado de allí.

La troquita misma también contaba con sus años. No era nueva, ni mucho menos. Tenía su techo de lona, un tanto mal gastado y lleno de agujeros. Parecía que le habían pegado un tiro con un rifle de munición. Cuando llovía, lo cual era muy a lo lejos por aquellas partes, se goteaba el techo como agua cernida en un cedazo. Pero, si no hacía mucho calor, se podía desabrochar la lona para viajar al aire libre. Las ruedas eran grandes con radios duros de palo como los cabos de una hacha. El parabrisas se abría un tanto cuanto hacia adelante, lo cual dejaba que entrara el fresco aunque en días bochornosos era más un caldo el que le pegaba de relleno a uno en la cara.

—¡Rifa, rifa! ¡Se vende rifa!—gritaba la esposa del mayordomo.

Claro está que la rifa en aquel pueblito, como en muchas otras comunidades hispanas, siempre formaba parte del festín. Ganara o no una persona, eso era lo de menos. Lo importante era probar la suerte. La rifa era parte del folklore. Parte de una tradición bien arraigada en el carácter de todo hombre y mujer.

—¡Pasen, pasen a la rifa!—gritó la otra señora del vendible—. Solamente dos reales el billete. Gánense una troquita. Pónganse de moda. Déjense de carros de caballos o bogues panteras—añadía con una risita burlesca e irónica.

—¡Acérquese doña Predicanda! No tenga miedo ¡Ándele, ándele! Aquí no hay conque no hay con qué—dijo la esposa del mayordomo en referencia al dinero que sacaba doña Predicanda de costurera.

A ella siempre le iba muy bien con sus ropas. Se ganaba sus buenos centavitos de un año a otro. Era contada la vez que no vendiera todo. Así que se animó y compró un billete.

Al tercer día, o sea, el último día de las fiestas, se llevó a cabo el sorteo. Hubo varios premios, pero el gran premio, el mero, mero, como decía la gente, era aquella troquita. Después de anunciarse los primeros ganadores, se presentó el cura mismo para el gran sorteo. De un cajete que casi reventaba de billetes—porque se había vendido una cantidad enorme—se brindaría al que más suerte le tocara.

Todo el mundo gritaba. Silbaba. Algunos hasta cantaban mientras esperaban el gran anuncio.

—¡Suerte, suerte y si no daremos muerte!—se oía una voz chistosa entre aquel gentío.

Luego llamó el cura a una niña de unos seis años y le pidió que escogiera un billete de aquel cajete. Metió la manita izquierda y sacó uno.

—La siniestra trae mala suerte—gritó una voz. Luego le entregó el billete la niña al cura.

—¡Alfredo Tachías!—gritó el cura sin hesitar, pero nadie respondía—. ¿Hay algún Alfredo Tachías presente por aquí?—preguntó el buen cura.

—Retornó al Cabezón ayer—gritó un señor que lo conocía.

Como era imprescindible que estuviera presente la persona para poder ganar, tuvo que haber otro sorteo. Una vez más le pidió el cura a la niña que sacara otro billete del cajete. Esta vez metió la mano derecha, sacó uno y se lo entregó al cura. Él lo vio, casi hasta lo estudió, y reaccionó con gran entusiasmo.

—Doña Predicanda del Rincón del Cochino!—exclamó con aquella voz rotundamente gruesa que podía oírse por todo San Ysidro.

Con los brazos incontroladamente en el aire, como aletando para querer volar, corrió doña Predicanda con aquel cuerpo cuadrado que dominaba su buen espacio y el de dos personas más cuando andaba o galopeaba. La misma tierra parecía estremecerse bajo su peso. De tan excitada que iba, por poco da un tropezón con un perro que estaba echado en la resolana. El cura la esperaba para felicitarla. Todos la aplaudían. Ella, como muchos otros, nunca se había ganado nada en su vida.

No tardó el cuchicheo entre la gente. Conque, "¿Cómo le hará sin saber arrear? ¿Qué hará ahora con su bogue? ¿Cómo le hará para llevarse esa jorupa a su casa?" preguntas más de curiosidad que de preocupación.

Pues allí le entregó la llave—y el cranque—el cura a doña Predicanda. Un amigo suyo, Telesfor Jaramillo, años atrás tuvo una troquita parecida y prometió enseñarle a manejar. Por el momento lo que más urgía era cómo llevarse su gran premio a casa. Ella y Telesfor quedaron en que él se llevaría la troquita al Rincón del Cochino, pese a los años que no manejaba él.

Cuando fue a prenderla, no arrancaba. Luego un nieto de Telesfor trató de comenzarla con el cranque, pero tampoco pudo. Tarde o temprano se enteraron que la pobre troquita no tenía batería. Después de echarle de contado a la persona que había donado la troquita, doña Predicanda compró una batería con parte del dinero de la ropa que había vendido en la fiesta.

La novedad de ser la única mujer en todo su valle con una troquita le fascinaba a doña Predicanda. Y tampoco había muchos hombres con trocas. Apenas dos, pero radicaban en otros pueblitos retirados de ella.

Con el tiempo aprendió más o menos a manejar, gracias a su amigo Telesfor Jaramillo, pero se dio sus buenos rebatos—y golpes. De vez en cuando sin darse cuenta de lo recio que manejaba, perdía control de su troquita en los caminos arenosos y ¡zas! Iba a dar en un arroyo, aunque tuvo la buena suerte que nunca se volcó.

Desde un principio los frenos no funcionaban bien. Poco a poco tuvo que fiarse de la breca de mano, pero a veces se le olvidaba frenar, ya fuera con los frenos o usando la misma breca. De manera que brincaba chamizos como un caballo bronco o saltaba terromotes como una liebre. En otras ocasiones trepaba su troquita contra alguna piedra o un peñasco. Tarde o temprano la troquita parecía una olla abollada. Una verdadera jorupa. Los mismos guardafangos y parachoques tenían sus rasponazos.

Mientras más atrevida era en su manera de manejar, más polvo levantaba doña Predicanda en aquel camino de tierra entre el Rincón del Cochino y la placita del Ojo del Padre. Allí se presentaba la gente para festejar cualquier cosa, ya fuera un baile, casorio o bautismo. Cuando se veían—tanto de lejos como de cerca— aquellas polvaredas y aquellos terregueros que parecían remolinos, la gente sabía que era doña Predicanda.

Como la troquita no tenía bocina—otro de los embustes de los *riferos*, según doña Predicanda—usaba un cencerro grande como el que usan las vacas. Lo había colocado delante del radiador con un cabestro que corría por encima del capó, atravesaba el parabrisas, hasta llegar al suelo al lado derecho del asiento donde se sentaba ella. Cada vez que veía a alguien en el camino, jalaba el cabestro. A veces sonaba doña Predicanda el cencerro sin pensar o de pura broma para llamar la atención. Mucha gente se iba acostumbrando a sus cencerrazos. Una vez que se oía el cencerro, ya la gente sabía que doña Predicanda venía, o que había llegado a su destino. Ella y su cencerro eran inseparables, porque armaban unos ruidos como si dijeran, "Quítenseme del medio o los achatamos." Y claro, tenían cierto mérito estas palabras porque si algún pobrecito se encontraba en medio del camino, arrancaba corriendo. A menudo ni doña Predicanda misma sabía a dónde iba ir a dar su troquita.

Por eso estaba toda abollada de los golpes que le daba. La cantidad de veces que había caído doña Predicanda en un arroyo, era para escandalizar a todo buen manejador de coches o camionetas. Sus amigos ya estaban acostumbrados a rescatarla a ella y a su troquita, de los arroyos. Pero ella tenía la suerte de un turco, es decir, de un gitano. Nunca se lastimaba. Claro que se daba sus rasguños y uno que otro chichón en la frente, pero eso era lo de menos. Buscaba unto en los ejes de su troquita, se lo ponía en las heridas y de un día para otro, sanaba, lista para el próximo chasco o desventura.

Doña Predicanda era una verdadera diversión. No sólo se divertía a sí misma sino que entretenía a todo el mundo. Y no digamos nada de los pobres animales. Hasta ellos mismos, en particular las vacas y los burros que siempre estaban aplastados en medio del camino, se espantaban y salían corriendo al verla venir. ¡El polvo y aquel famoso cencerro comprobaban su aparición!

El 24 de junio, Día de San Juan, era uno de los días más populares en Ojo del Padre. Había una serie de actividades. La más popular, por supuesto, era la corrida del gallo. Las carreras—desde las de a caballo, a pie o en sacos de guangoches—también gozaban de gran popularidad.

Un mes después de haberse ganado doña Predicanda su jorupa, como la llamaba mucha gente, hubo algo nuevo el Día de San Juan. Alguien sugirió que ella echara carreras en su troquita, lo cual le pareció gracioso. La idea le encantó. Así que desafió a todos los que tenían buenos caballos, y a los que fueran más ligeros corriendo a pie. Hasta hubo dos o tres burros y una mula, pero doña Predicanda les dio ciento y raya a estos animales, especialmente a los burros porque son tan mensos y tampoco suelen ser ligeros.

También la carrera contra los muchachos fue un gran chiste. Le ganó a toda la plebe. Apenas hubo uno, Alfonso, que tenía fama de correr como un venado. Algunos decían que había nacido corriendo. Él fue el único que por poco le gana a doña Predicanda, pero al llegar a la *raya mágica*, cruzó como un relámpago doña Predicanda ahogando a sus contrincantes con todo el polvo que levantaba. "Ahi tienen, majaderos," dijo calladita. Todo el mundo la aplaudió, porque los muchachos se habían estado burlando de ella y su garrero antes de la corrida.

La carrera de caballos contra los hombres mayores fue otro cuento. Los caballos arrancaron a todo galope mientras que la pobre troquita de doña Predicanda casi como que se quedó parada. Ya cuando ellos cruzaron la raya mágica, lo único que se veía era el polvo y las colas de los caballos y un poco más atrás doña Predicanda. Poco a poco fue saliendo ella de aquellas nubes de polvo, pero ya era muy tarde. A pesar de todo, allí estaba la plebe una vez más, riéndose y burlándose de ella. "Ya lo verán sinvergüenzas," decía para sí en voz baja. "Uno d'estos días me la pagan, malcriaos."

Se llevó a cabo una segunda carrera con otros hombres grandes—de mayor de edad. El menor tal vez tendría sus setenta y pico de años. La mayoría apenas podía subirse a caballo, pero el resultado fue igual. ¡Perdió malamente la pobre doña Predicanda! Los viejos también se burlaron de ella.

Hubo quien sugiriera entre las mujeres ancianas que se escogieran a unos hombres y que echaran ellos una carrera contra doña Predicanda a ver quién ganaba. Pero esta vez propuso aquella anciana incógnita, que le dieran una ventaja al comienzo a doña Predicanda de unos ciento cincuenta pies (el trecho de la carrera era un poco más de un cuarto de milla) hasta que agarrara vuelo su troquita.

Dicho y hecho. Los hombres seleccionaron a sus corredores. Y los encargados de la carrera—los mayordomos de la iglesia— quedaron de acuerdo con los contrincantes tocante a las reglas que había que obedecer en la carrera.

—¿Listos, todos? A la una. A las dos. A las tres. ¡Arránquele!—le gritó el mayordomo a doña Predicanda.

Partió a todo vuelo como pudo doña Predicanda en su troquita. Al llegar como a los cien pies y pico del comienzo, arrancaron los jinetes en pues de ella. Persiguiéndola. No tardaron nada en alcanzarla. Se emparejaron con ella. Allí iban los hombres corre y corre. Galope y galope. Que se adelantaban. Que no. Embistiendo a la pobre vieja. Tomándole el pelo.

—¡Píquele a esa troquita—dijo uno de ellos como si fuera bestia—. ¡Chalequéele!—picándole él mismo a su caballo.

Doña Predicanda sólo los veía de reojo con las manos firmes en el volante, rechinando los dientes del coraje que tenía. "Ya lo verán, sinvergüenzas. Ya me la pagarán, alcahuetes. Viejos soroches," refunfuñaba. Pero con el galope de los caballos, era imposible que la oyeran.

—Sí, píquele las verijas—se oyó otra voz de un viejo más atrevido con una sonrisa.

—Güeno, muchachos—gritó otro—, como si fueran jóvenes—. ¡Adelante!

—Adelante se ha dicho—repitió otro de ellos.

No acababa de soltársele la última palabra al viejo este último cuando empezaron todos hechos bola a querer pasar a doña Predicanda. En aquel instante de pronto cogió el volante con la mano izquierda. Con la derecha agarró bien fijo el cabestro que usaba con el cencerro. ¡Lista para hacer guerra! Nomás en cuanto iban pasándola, jaló ella el cabestro. Le dio unos jalonazos brutos. Con aquellos cencerrazos, se espantaron todos los caballos.

Unos se desparramaron por un lado, otros por otro rumbo. Dos o tres caballos hasta brincaron el cerco sin que pudieran sujetarlos los jinetes. Aquellos hombres estaban que no sabían qué pensar. Y seguramente que lo mismo se podría haber dicho de los caballos. Si hubieran podido expresar sus pensamientos en palabras, algo hubieran dicho. Los sonidos del cencerro los dejó a todos, tanto a hombres como a caballos, aturdidos.

—¡Híjole compadre!—dijo uno de los viejos—. ¡Qué relaje!

—Pa que miren. Qué mal nos jue. Salimos toos pal quince—comentó otro viejito.

Doña Predicanda iba riéndose a carcajadas hasta cruzar la raya mágica. A lo lejos en la placita se oían los aplausos de las viejitas. ¿Y la plebe? Pues, ellos se quedaron con la boca abierta de ver que doña Predicanda había ganado aquella carrera.

Antes de regresar a donde estaban las mujeres y todos los demás espectadores, pausó un momento doña Predicanda. Se bajó y cogió una piedra de unas cuatro o cinco libras. Cuando estaba para llegar a donde estaban sus compañeras, colocó la piedra

contra el acelerador, le quitó la tapa a su troquita y se puso de pie.
Allí iba ella muy pantera, despacito, saludando en triunfo a todo
ciudadano como si fuese un desfile. A veces saludaba con ambas
manos en el aire. Hasta los mismos muchachos le ofrecieron sus
ovaciones. Jamás se había visto tal espectáculo en Ojo del Padre el
Día de San Juan.

¿Y los hombres? Pues no hallaban dónde esconderse. Andaban
hechos tejones o tusas en busca de sus agujeros. Ninguno se reía de
lo avergonzado que estaban.

Al día próximo—día domingo—se celebraba misa en la placita. Había ido el cura de Jémez, algo que hacía una vez al mes
a menos que el clima se pusiera feo. Esa mañana, como de costumbre, se levantó doña Predicanda temprano para ir a misa. Se
puso uno de sus túnicos que había cosido hace poco. Era de tela
negra que compraba por catálogo. Al túnico con zapatos negros
con unas hebillas doradas relumbrosas y una mantilla negra le
hacían juego. El luto era parte de su perfil, lo cual no dejaba duda
de que había sido casada. ¡O venía engañando doña Predicanda
a mucha gente!

Cogió el cranque, le dio sus dos o tres vueltazos y prendió la
troquita. Se subió y se puso en marcha. Allí iba todo el camino
levantando polvo como siempre. No tardó mucho en llegar a la casa
de Clemente Salazar, un compadre suyo que vivía en El Aguaje, no
muy lejos del Ojo del Padre. Él ya hacía unos momentos que la
esperaba para acompañarla a misa.

—Güenos días le dé Dios, compadre. ¿Cómo amaneció?

—Bien, bien comadre. ¿Y usté?

—Pos, bien. Aquí con mi troquita. Súbase.

Caminaron poco cuando de repente se dio cuenta doña
Predicanda que la troquita se le iba al lado derecho. Le ponía toda

sus fuerzas para enderezarla, pero nada. La troquita se aferraba. Queriendo salirse del camino. Por fin se fijó su compadre de la lucha entre su comadre y el volante.

—¿Qué le pasa, comadre?

—No sé. Esta maldita troca quiere amacharse como un burro. Quiere pescar pa juera del camino. Pa que mire lo terco que es. Ni que juera borracha esta maldita troca.

—Pare, comadre. Vamos ver qué le pasa.

Paró. Se bajó su compadre Clemente para indagar el asunto e inmediatamente vio lo que pasaba.

—¡Con razón!—exclamó él—. La llanta necita aigre, comadre. Está cuasi flate. ¿Trae una pompa o no?

—¡Uh! ¿Quién sabe? Esos sinvergüenzas en San Ysidro ni batería me dieron. ¿En qué cabeza cabe que me dieran una pompa?—dijo en tono sarcástico.

Entonces se bajó ella y le dijo a sus compadre Clemente,

—Mire a ver si hay una abajo del asiento mío con los otros fierros. Ahi al ladito donde están la batería y el cabestro ese del cencerro.

Pues sí, allí encontró él la pompa. Clemente Salazar por años y años había trasquilado borregas en Torreón con los navajoses. Así que todavía tenía unos antebrazos enormes y unas manos que podían ahorcar a uno en un decir amén. Conectó la pompa. Ahí estaba para arriba y para abajo. Que subía y bajaba. Doblándose de rodillas cada vez que pompeaba. No tardó mucho en llenar la llanta de aire, pero se notaba que se había cansado.

—Güeno, comadre. Ahi tiene. Ya 'rreglé la llanta—dijo casi sin resuello.

Se subieron los dos y aceleró doña Predicanda, consciente de que se les escapaba el tiempo y la misa estaba por empezar. Mientras más aceleraba, más polvo levantaba. Caminaron poco cuando de buenas a primeras volvió aquella troquita a írsele de nuevo. Sin que le dijera nada su compadre, se paró doña Predicanda. Se apeó y vio que la llanta necesitaba aire otra vez. Entretanto, su compadre había colocado la pompa al lado de sus pies, sospechoso seguramente de que aquella escena de pompeaje se volvería a repetir de nuevo. Esta vez compartieron doña Predicanda y su compadre Clemente la faena. Al terminar, los dos no solamente estaban cansados sino que les escurrían las gotas de sudor que se volvían bolitas de zoquete del polvo en la cara.

De repente empezaron unos vientos horribles antes de que cruzar el Río Puerco. Mientras iban cruzando, oyeron el último repique de la campana. Al llegar a la iglesia, la cual quedaba cerca del río, ya no se veía a nadie. Todos estaban dentro. La misa había empezado.

Como doña Predicanda tenía su asiento particular al frente, cerca del altar, todos los feligreses la vieron entrar con su compadre Clemente Salazar. Entraron ellos bien desgreñados: él con una cola de gallo, y ella con las greñas en el aire. Tocó la mala suerte que el cura también se dio cuenta de aquellos dos "espantajos" que entraban tarde.

Se celebró la misa. La gente mayor y la plebe que se habían confesado el día antes, es decir, el sábado y el domingo por la mañana antes de la misa, se comulgaron, incluso doña Predicanda que había ido a confesarse el sábado. Habiéndose terminado la misa, el cura hizo unos anuncios, entre ellos, recordándole a toda la gente mayor lo de los diezmos y primicias y sus otras obligaciones a la santa Iglesia Católica, Apostólica y Romana.

El padre Bernardo era un alemán grandote, con una cara colorada. Había gente que reclamaba que tomaba mucho vino. Por eso tenía la cara que parecía un tomate. Además, podía ser una persona muy mala y grosera con la gente. Si tenía algo que decir, soltaba su injuria sin pelos en la lengua. Llegó a avergonzar tanto a hombres como a mujeres por cualquier cosita que le parecía fuera de orden. Sus últimas palabras esa mañana antes de echarles la bendición a los fieles, fueron dirigidas, aunque no por nombre, a doña Predicanda y a su compadre.

—Queridos hermanos y hermanas. Cuando vengan a misa, sean dignos de llegar a tiempo. Respeten-la-palabra-de-Dios— amonestó, pronunciando cada palabra con cierta precisión.

No acababa de salírsele la última palabra de la boca, cuando se puso de pie doña Predicanda.

—Mire, padrecito—retumbó en un tono sarcástico—. No sea d'esos que tiran la piedra y esconden la mano. Me parece que es mejor llegar tarde que no que lo pesquen a uno al lao del camino pompeando parriba y pa bajo—dijo con aquellos ojos que escupían lumbre.

No acababa de hablar cuando soltaron todos la risa. La pobre doña Predicanda no se dio cuenta de lo que había dicho ni el motivo de aquellas risas. La gente se puso de pie para salir de la iglesia. El cura estaba a la puerta despidiéndose de la gente; a unos les daba la mano mientras que a otros a quienes conocía mejor les daba un abrazo. A doña Predicanda ni siquiera le dio la cara.

—Amos compadre—dijo en tono de amargura—. Aquí hasta la misma gente diuno se ríe. No tiene respeto. ¡Qué culpa tenemos nosotros que tuviéranos una llanta flate!

Enrabiada, le dio cranque a su troquita y arrancó sin percatar que a la llanta le faltaba aire otra vez. Bajó cuesta abajo como loca hasta llegar al plan del río. Con lo recio que iba y la rabia que llevaba, perdió control y se ensartó la troquita en el zoquete. Procuró sacarla, pero nada.

—Ya la fregamos, compadre. De aquí no salemos.

Doña Predicanda, mujer entrona e independiente, le dijo a su compadre Clemente,

—Voy ir a pedile el tiro de caballos a mi amigo Salvador. Él andaba en misa y si me apuro lo pesco antes de que salga. Ahi vive al ladito de la iglesia. Güelvo diuna vez. Ya verá, de dos por tres sacamos esta troquita.

Mientras ella se fue a buscar a su amigo Salvador, Clemente Salazar se quedó esperándola bajo la sombra de un árbol. Pasaron unas gentes en un carro de caballos y vieron la troquita bien atascada. Allí estaba empinada como un pato en el agua con la cola parada.

Subió doña Predicanda la cuesta del río y en seguida vio que estaba en casa su amigo Salvador. Andaba regando con un bote de agua su jardincito que tenía al lado de su casa. Regresó doña Predicanda con el tiro de caballos. Al bajar al plan del río donde se había atascado la troquita, no la vio. No estaba. Tampoco veía a su compadre. "¿Qué demontres habrá pasao?" dijo en voz baja. Luego pegó un grito.

—¡Compadreeeeeee! ¿Dónde estááááááá?

Pero nada. Apenas se oía el borboteo de la poca agua que llevaba el río. De pronto vio a su compadre agazapado debajo de unas jaras. Fue a averiguar doña Predicanda lo que había ocurrido. Allí estaba su compadre llorando como un chiquito.

—¿Qué le pasa compadre? ¿Por qué llora? ¿Qué pasó con la troquita?

—Se jue. Se jue—apenas le respondía él entre sollozos.

—¿Cómo que se jue? ¿Par ónde?—le preguntó ella.

—¡Pa bajo! ¡Pa bajo!—es todo lo que pudo contestarle Clemente.

—¡Cómo que pa bajo! Si apenas lleva agua el río.

—No, pa bajo—y apuntaba él con el dedo índice—. Se la tragó el río. Se la tragó la tierra.

Doña Predicanda comprendió bien el asunto. Luego abrazó a su compadre para consolarlo, y le dijo,

—Déjela, compadre, que descanse en paz. ¡Al cabo que no me costó más de dos reales!

The Stranger

"Whether you steal the whole cow or only a leg,
it is still thievery (a sin)."

Of all the winter months in the Río Puerco Valley, February was the coldest and most varied in temperament and temperature. Perhaps calling it crazy February, as people were accustomed to doing, was no exaggeration. Only the very courageous and those with chores outside the home dared to brave the cold or freeze their noses in the winds that seemed to penetrate even the most remote corners of the body. Not a pore was spared. In fact, frigid February seemed to turn even one's bone marrow to ice.

It was Saturday evening in San Luis de Gonzaga, a small village not far north of the Río Puerco. The sun had begun to fade behind the string of mesas that rose to the west. The darker it got, the colder the February evening turned. That's how the desert was as the sun disappeared behind the mesas. It resembled the cold at dawn that seemed to even pierce your entrails.

La Venadita was the most popular bar in San Luis. It was famous throughout the region. Many cowboys in the area were accustomed to going to San Luis to have a good time on Saturday night. That was their way of forgetting about those frigid winters suffered in the countryside fixing fences, driving posts into the ground, or breaking ice in the river or the lagoons for livestock to drink water.

It was still quite early, so only a handful of cowboys could be found having a drink at La Venadita when a stranger came in.

Everyone stared at him. No one had ever seen him around there before. He went up to the bar, looked fixedly at don Procopio, the owner, asked him for a glass of water, guzzled it down, and left expressionless, without saying a word.

At the very moment the stranger was leaving, Liberato met him at the door. Liberato had just come in from the boonies with two other fellows. He stopped to have a drink before going to rent a place to spend the night; his buddies had gone to visit some friends. The three of them worked for don Vidal Mirabal, a very wealthy man, at El Rancho Alegre, located at Rincón de las Habas.

"Hey, Liberato, what a surprise to see you around here!" said don Procopio. "What's up my friend? What are you doing in these parts when it's colder than hell? How are you?"

"Just so-so," muttered Liberato. "And who was that guy who just left?"

"Beats me," responded don Procopio not paying much attention to the question, let alone the individual about whom it was asked.

Don Procopio right away brought Liberato a shot of whiskey and a beer. The owner already knew what he liked best.

"Do you want something to eat?"

"Why, yes. I'm starved to death, but I'll be back in a while. I have to look for a room to spend the night."

In the twinkling of an eye Liberato gulped down the whiskey. He drank the beer much more slowly but without dillydallying.

"Okay, don Procopio. I'll see you later on." And off went Liberato.

He went to rent a room in a private home. Once he got situated, he took a bath, shaved, and put on his best clothes. He had on his Black Nocona cowboy boots with medium undershot heels and square toes, his Levi's, a black and red striped shirt, and a black Del Rey Stetson hat. His red silk neckerchief complemented his shirt. His belt had a silver dollar mounted on top of a small horseshoe, also made of silver. The silver dollar and the horseshoe sparkled as the light from the kerosene lamp on the table next to the bed reflected off of them.

Set to go have a ball, Liberato went back to La Venadita. Once inside he headed straight for the bar with its seven or eight barstools.

"What's up, Libe?" asked Ceferino, don Procopio's son, who also knew Liberato well. "My dad said you were around. What winds have blown you in here before the end of the month?"

"Look here!" answered Liberato. "For the first time ever my two partners and I received a fortnight's pay from don Vidal instead of at the end of the month. A better surprise couldn't have fallen from the sky! We were anxious to come and have a good time."

"You don't say! Now, what are you drinking? Same as always?"

"Same thing, as always. But I'm ravenous."

"No sweat. We'll get you something to eat in a flash."

While Liberato waited for his dinner, he scrutinized the entire bar. It hadn't changed. It was the same old place. That's what gave it its special flavor, a feel all its own. The amount of beer that was consumed in that tiny bar was incredible. Many of the patrons drank like fish. Others drowned in their sorrow—or perhaps even in their own beer. Many were overcome by the sadness of that unforgiving winter desert.

The bulletin board on the wall next to the kitchen where three tables were located, each one with a kerosene lamp, continued to sport the same faded pictures of nude women. No one paid attention any longer unless he was a newcomer. Not even the little old men seemed distracted by those naked girls. From time to time you'd see a new announcement written in English that someone had tacked on the bulletin board purely as a joke, because those who knew how to read English were few and far between. The most recent announcement taking up space was one that read, "Wanted: Dead man with three-legged horse."

"Supper's on the way," said Ceferino to Liberato, when all of a sudden the stranger reappeared at the door as though he were a ghost.

He was all dressed up in a gray suit, white shirt, and black shoes. Fact is the suit was hardly tailor-made! The sleeves more than covered his hands, and the pants on him were short, very short. "High water," as people around there would say. Such an appearance—or apparition—made one chuckle. His pants didn't even come down to his ankles. The white socks with worn-out elastic barely covered his ankles. No one, including the poorest soul in San Luis or the other small villages of the Río Puerco Valley, dressed that way. In his right hand he was carrying a dark overcoat that he had on the first time he stopped by La Venadita.

The people at La Venadita noticed his presence right away. They all kept staring at him, in that ill-fitting suit, out of the corners of their eyes. Not a single soul dared say anything, not even a whisper, whether it was from fear, astonishment. or from pure pity. Silence said a lot but expressed little. That suit was surely a gift, but who could that guy be? No one knew. What was also not known was where could that fellow, that unknown creature, have come from?

At first glance he appeared to be around forty. What attracted one's attention, above all else, was his height. He was quite tall, like a ponderosa pine tree, erect, with a fine moustache that looked like it was drawn on with a sharp black pencil. He had curly hair, a pockmarked face, an eagle-like nose, and slanting black eyes. He approached the right side of the bar. He fixed his eyes, without blinking, on the bartender, who had his back toward him but whose face was reflected in a small round mirror that was hanging on the wall behind the bar. Neither one said a word.

Meanwhile, the waitress brought Liberato roasted kid (goat), *chonguitos* (braided, oven-roasted goat's intestines), fried potatoes, and peas mixed in red chile prepared by the owner's wife. For dessert she brought him typical bread pudding from the Valley made with bread, cheese, and raisins in a caramel sauce.

The waitress, the owner's daughter, was a very charming young girl. She asked Liberato if he cared to sit at one of the tables. Without answering yes or no, she advised him with a certain innocence and concern that he would be more comfortable at a table.

"You'll be able to stretch your arms and not bend your legs or have to sit sideways at the bar."

Liberato had barely begun to enjoy the food after changing places when his two companions, Bernardo and Leonardo, twin brothers, appeared. They sat down at the table. Bernardo stood out from his brother because he had one blue eye and one brown one.

"What's up, Liberato?" said Bernardo, the most mischievous of the two, hoping to raise dust from Liberato's shirt after a hand slap to his back. "Are you staying or headed back to the ranch tonight?"

"I'm staying," he responded, recognizing that they had begun to drink their fortnight's salary. "I have a room rented for the night. I'm taking off very early tomorrow morning."

"That's great!" said Leonardo. "We're headed back tomorrow

ourselves. We'll join you. We can go back together if you wish."

"That's fine with me. Before the sun comes out we'll take off. What do you say? Come by the widower's, Mr. Ezequiel Lovato's house. That's where I'm sleeping tonight."

"Whatever you say, Liberato," answered the two of them in unison like two drunken comics.

The twins ordered drinks while Liberato enjoyed his dinner.

"Listen, Liberato. Who's that fence post standing at the end of the bar?" queried Bernardo. "Boy, what a spectacle!"

"I don't know," murmured Liberato in between bites. "He came in a while ago, but he doesn't say anything, and the bartender doesn't pay attention to him."

"Perhaps he's one of those gypsies who comes through here every once in a while trying to bamboozle people with their knick-knacks," interjected Leonardo.

Little by little La Venadita began to fill up. Since it was Saturday, the owner had set up a tent outside toward the front, right up against the tavern, so that people could dance. The musicians were expected around nine o'clock. The windup clock on the wall with the white background and black bull in the center showed that it was a few minutes before nine.

Ceferino was busier and busier by the minute. He was young, but he looked older than the years he bore. He was about thirty-five or forty years old, short and portly, with a glass eye. According to scuttlebutt, he had lost his left eye in a fight either in California or Colorado, but the truth wasn't known for sure. The reason for the fight wasn't known, either. At times he wore glasses to disguise his false eye, but everyone knew that someone had shut out the lights in that one poor eye. Those who didn't know him quickly noticed the glass eye because it danced in its socket like quicksilver, particularly when he moved his head fast from one side to the other.

Ceferino continued walking from one end of the counter to the other like a brooding hen, nervous, serving one beer after another. From time to time he served a shot of whiskey. He barely took notice of the man with the bizarre appearance. Finally, after the stranger sat down, he asked him, "What can I do for you, fellow?" without knowing what the answer would be.

"Wine," answered the man with the thin, black moustache.

"Around here the only thing everybody drinks is beer and whiskey."

"Well, where I lived many years ago I only drank wine, even though it was on the sly."

"Here the only person who drinks wine is the priest, and today he didn't show up to celebrate Mass tomorrow because he stayed back in his village with his nephew getting the wine ready," commented Ceferino in a sarcastic sort of way.

"Listen," said the strange-looking man. "I come from far away, with a good heart, and for a good reason, but that's another story. For now, let's not treat lightly the subject of wine because I haven't had a drink in many a moon."

Ceferino kept looking at him, his eyes spitting fire. He tried to ignore him but couldn't. Meanwhile, many of the patrons had their ears wide open trying to listen to what was none of their business. Others were more concerned about hollering at Ceferino because they wanted more beer. The atmosphere at La Venadita was becoming more and more lively. The noise increased with every given moment. The puffs of smoke had begun swirling overhead, bouncing against the ceiling, dimming the little bar.

Suddenly the stranger sprung to his feet. He gave out

an unexpected holler! Everyone was dumbstruck, including Ceferino himself.

"Listen to me, all of you!" he shouted. "The bartender tells me that around here all you drink is beer and whiskey. Fine, I respect everybody's taste, but my palate takes more pleasure by getting it moist with wine. It's a curious thing, but do you know why I like wine so much?"

At that moment everyone's ears stood up like those of a donkey, ready to listen to the words that were about to leave the mouth of the man wearing the odd suit.

"Because when I was an altar boy I used to steal wine from the priest."

Everybody laughed upon hearing these words. Perhaps many of those men had done the same thing themselves.

"There's nothing in this world like the taste of a good wine," added the man with the thin moustache. "Listen to me," he insisted while everyone gave ear to him as he recited these words,

> He who to this earth came,
> and hasn't drunk wine,
> then what the fuck
> did the schmuck come for?

Everyone burst out laughing once again, including a mentally retarded guy who had just come into the bar. In San Luis de Gonzaga he was known affectionately as Manuelito. He was already a little tipsy. He heard what was said, but he had other things on his mind.

"Where's the owner? The one who gives me credit," he stammered in a loud voice while he drooled down one side of his mouth. "I'm looking for credit. I want a drink before hitting the sack."

All of a sudden a voice was heard coming from a corner of the bar, making fun of Manuelito.

"Listen to me, Manuelito," yelled a cowboy as if mimicking the stranger's poetic verses.

> The one who gives credit isn't here,
> because he went to beat
> the living shit out of a son of a bitch
> who owed him some money.

Everyone burst out laughing all over again, this time splitting a gut, except for the man with the long sleeves and short pants. He didn't find those sarcastic and insulting words at all amusing. He stood up once again.

"Listen, one mustn't make fun of the innocent creatures God has put on this earth. It's not their fault. Their innocence merits our compassion. Come, Manuelito. I'll buy you a drink, but when you're done drinking it, you have to go home to sleep. And be careful with the cold. It's biting. Don't go freeze to death somewhere."

Then the stranger took out a one-hundred-dollar bill from his billfold. His ebony wallet shined in the light, since it was new. Everyone's eyes turned to saucers. They were stupefied. It was a heap of money. They thought he was going to give it to Manuelito, but he gave the money to the bartender instead.

"Listen," he announced, waving the bill in the air with his right hand. "Here's these one hundred dollars for the bartender. This money is for all of you to drink as my treat. I know all too well that I'm no more than a stranger to you around here, but I want you to enjoy the evening and for you to remember me. As for now, let's toast"—and he raised a glass of wine that Ceferino had given to him from a hiding place of his. Then the newcomer hollered in a loud voice, "Long live the wine! Because there's no better wine than that consumed in someone else's home."

"Long may it live!" they all shouted and asked for another round of drinks. Manuelito was already caressing his can of beer like a child licking his candy.

About that time the musicians arrived. They were two little old men. One played the guitar, the other the violin. The dance started outside in the tent next to the tavern. La Venadita practically emptied with the first dance, from the oldest to the youngest, men as well as women. Even the children who were outside in the tent with their families got up to dance, imitating their elders. The stranger remained inside. He passed the time drinking wine that Ceferino had fetched from the pantry, his hideout—wine the monks in Bernalillo had given his father.

In spite of the cold in the tent, many people danced till the wee hours. Others headed home with their children by midnight. Those who stayed stoked up the fire in the potbellied stove in the middle of the tent and periodically fed it a juniper log. Those who didn't warm up with the heat from the stove did so by merely dancing or from the liquor they drank.

After the stranger had promised to buy drinks for the rest of the night for anyone who wished—which not only surprised the people, but at the same time also rejoiced them—one of the men challenged him to dance.

"Listen, my good friend," he said a bit drunk. "Let's go burn shoe leather. Don't let the soles of your shoes stick to the floor! Let's go!"

Showing a little smile that stretched his thin moustache even more, he cast a glance around the tent. He had already been in the tent for quite a spell without dancing. He approached the daughter of the poorest family in those parts. The Armando Griego family. The stranger had noticed that no one was asking the daughter to dance. Zoraida was her name. She was neither pretty nor ugly, but perhaps her family being who it was, both the older men as well as the young ones refused to ask her to dance, which was ironic because virtually everyone at the dance was poor, but the Griegos were really poor.

At one time Armando Griego and his family were fairly well-off; they earned a living with the seven milk cows that they owned. There was no one in the entire region who had a better life than the Griegos. Armando took care of his cows with utmost diligence. Whether it was summertime or winter he didn't neglect them. At night he had hay for them in the corral and during the day water in the trough. The cows were his treasure trove for him and his family.

From the milk that Armando milked every morning, Josefa, his wife, made the best homemade cheese anywhere around. People came from all over to buy cheese from her that she kept in the pantry wrapped in cloth made from flour sacks. Even the people from her vicinity admired her. Josefa was famous for her homemade cheeses.

But all this came to an end from one day to the next. One dark night some unscrupulous person—or persons—entered the corral where Armando Griego had his cows locked up and did something unthinkable. According to what was confirmed the following day, the individual took off his belt and used it as a rope on the cow with the cowbell and led her out the corral. Despite the darkness, the rest of the cows followed her, because that's the way cows are.

When the cows reached a steep cliff that faced the Río Puerco, in some unexplainable way, although it is not known how for sure, one by one the seven cows were pushed off the precipice and landed in the waters below. If they didn't break their necks, for sure they drowned in the deep waters.

It was not immediately determined who committed such a malicious act, but one thing is known for sure—the Griegos were never able to replace their milk cows. From that day—or night—forward their days of misery and poverty began. Only the good memories of the homemade cheeses remained. Everybody felt sorry for them, of course, but since everyone was poor, they were not able to help get them back on their feet. Little by little Armando and his family went from bad to worse. There were times when the only thing they had to eat were bread crumbs and red chile seeds mixed with gravy made from water and flour, the poorest food poor people ate. There were even those callous people who nicknamed them Los Migas (the Crumbs).

As the old saying goes, "When a poor man's down, everybody kicks him." Nevertheless, the stranger asked Zoraida to dance.

The musicians played old and modern songs alike. From "El rechumbé," "La cuna," "El baile de la escoba," "El chiquiao," to waltzes, polkas, and ballads. And the stranger and poorest girl at the dance continued raising dust from the dirt floor. At midnight she and her family went home, and he went back to the bar. He didn't dance the rest of the night but passed the time drinking wine.

As the new day dawned, there were very few people at the dance. The cold was unbearable. Only a few cowboys remained in the bar. The stranger, feeling his drinks, stood up. He went up to Ceferino, who by now had almost been overcome by sleep.

"Listen, bartender," he said, mumbling from having drunk so much wine. "Do I owe you anything or not? One must pay his debts on this earth, don't you think? One way or another no one leaves this earth without paying his debts, don't you think?"

"Everything's in order. Don't worry. You don't owe a cent," Ceferino informed him.

The stranger, half climbing on top of the bar, got up close, really close to Ceferino's face and said to him softly, "Listen, Cefe. Man, don't act like a fool. You and I know who we are, why and where we beat each other up. It hurts me with all my heart that you lost an eye. But it's better to be alive and one-eyed than dead, don't you think? It was a crazy, stupid fight, don't you think? Okay, I'm off. May God bless you. Ah, I almost forgot. Your buddies at the penitentiary send their regards. Good-bye."

Ceferino was silent. He didn't say a word. He knew very well who that man was, and where he hailed from. He also knew why he had landed in prison. It all had to do with an unpleasant past, a dark past that couldn't be expunged but that in due time perhaps could be forgotten.

The next day Liberato woke up with a real hangover and a headache. Nevertheless, he got up very early, before the sun came up. The trip on horseback back to El Rancho Alegre would take at least an hour or an hour and a half, and he wanted to get there early to rest the remainder of the day, Sunday.

He had just finished chewing his last bite of tortilla when his partners arrived. He drank what little coffee he had left before they knocked on the housedoor where he had slept. He went out to greet them.

"Are you ready, my friends?" he asked, rubbing his hands as if to acknowledge how cold it was. "Or would you like a cup of coffee before we take off?"

"No. We already ate breakfast," responded Leonardo. "We must get a move on so as not to get there too late. Tomorrow we have to get with it. You know what the boss is like. If he catches us dragging our feet, he'll get hot under the collar."

Liberato fetched his hat, put it on, grabbed his knapsack, and bid don Ezequiel good-bye. The three of them mounted their horses and took off at a trot so the horses could warm up little by little. Given how cold it was, and how stiff their legs were, the horses could get hurt if they weren't careful. Liberato, Leonardo, and Bernardo were going at a pretty good trot when they reached the Río Puerco near La Cuesta de Chihuahua where they had to cross.

On the other side, at the riverbed, they spotted a man waving at them frantically with his hat. They spurred their horses. They descended to the bottom of the river at a pretty good gallop. Liberato recognized the gentleman right away. It was Armando Griego, the father of Zoraida, the girl the stranger had danced with the night before. The man had gone down to break the ice in the river where he watered his milk cow, the only cow he had that don Vidal Mirabal had given him.

"Good morning, don Armando. What's wrong?" shouted Liberato from his side of the river.

Don Armando, more scared than a frightened horse, kept pointing vigorously to a body that was facedown on the ice a little ways from where he was standing. When Liberato and his companions got closer, they thought that it was Manuelito. They then dismounted and left their horses and walked on tiptoe on the ice trying not to slip. They could well split their legs apart just like a horse.

"Look, look at what I found a short while ago when I came down to water my cow," said Zoraida's father, barely catching his breath.

Bernardo, daring that he was, approached the body with the

dark overcoat and tried to turn it over, faceup, but he couldn't. One side of its face was stuck to the ice. He was afraid to tear the flesh. Then Liberato tried to loosen the face but also failed. He then took off his leather gloves and blew on his hands to warm them up. Little by little he was able to stick his right hand underneath the face until he unstuck it. At once he recognized the man. It was the stranger! It appeared he was on foot—and drunk—when he slipped on the ice. You could tell by the scratches on the ice that he tried to get up but couldn't. That was the end of him. That's where he froze to death from the cold. No one knew where he had been headed.

Liberato and his partners from one moment to the next were at a loss as to what to do. What were they to do with the body of that poor unfortunate being? Following a brief discussion it was decided that Liberato would return to San Luis to inform the sacristan so he could toll the bell informing the community, as was customary whenever a death occurred. Right away the entire village found out that it was the stranger—and that he had frozen to death!

The Hermano Mayor of the Penitentes was the first one to go by the church to talk to the caretaker to find out what was going on and assist in whatever way he could. The Hermano Mayor acted as the spiritual father whenever the priest wasn't around because the priest came only once a month to celebrate Mass. Today, Sunday, he would not come. Ceferino also didn't take long in showing up.

"I believe we must hitch up a team of horses and thus pick up Margarito Molina's body to bring it back here," he said with all the calmness in the world.

As they heard Ceferino pronounce the name of the deceased, they were awestruck.

"Do you know him?" asked Liberato anxiously.

"Yes," answered Ceferino without hesitating.

"Well, what can you tell us about him?" inquired the Hermano Mayor.

"He was an orphan," continued Ceferino. "His mother died when he was a child. His father was killed in an argument with two men from Márquez when Margarito was sixteen or seventeen years old. A little later on he was sent to prison because he stole and killed a man's cows. I understand this man was from here in the Valley. I believe Margarito was sentenced from fifteen to twenty years when he was nineteen or so. He barely got out of prison the day before yesterday before coming to San Luis. He was from Rincón de las Yeguas near Cabezón on the other side of the Río Puerco."

"And how come you know so much about him?" asked Liberato.

"Because I knew him in prison," answered Ceferino. "That's when he and I got into it. That's also when I lost the sight in my eye," he said pointing to his left eye.

"And doesn't he have relatives around here?" asked the Hermano Mayor.

"He only had an uncle, the one who took care of him after his father was killed, but he passed away during the time Margarito was in prison."

Ceferino hitched up his father's team of horses, and he and the Hermano Mayor took off to pick up Margarito Molina's body. Liberato accompanied them on horseback before returning with his companions to El Rancho Alegre. When they got to the Río Puerco, sitting down waiting were Leonardo, Bernardo, and Zoraida's father. The first thing the Hermano Mayor did was to bless the corpse. From there they picked up the body, and the Hermano Mayor and Ceferino took it to an empty house behind the church, near La Morada where a widow who had died a few months earlier once lived.

The sacristan asked the community carpenter to make a coffin for the deceased. During the early evening hours a group of women covered the coffin with a black muslin cloth and put two small crosses, one on each side, made of white cloth material. Then they laid the body in one of the rooms to hold vigil that same night before burial the next day at the cemetery in front of the church. Since the departed didn't have any relatives, there was no reason for delaying interment.

As the Hermano Mayor searched the pockets of the dead man's suit before the stranger was to lie in state, he found his billfold, nothing more. But upon taking off his shoes—since the deceased were never buried with their shoes on—he found a small sealed envelope in one of them bearing the name of Armando Griego. As he opened it he found a small piece of folded paper and inside a bill neatly folded. He stood with his mouth wide open. It was a thousand dollars! Written in pencil in tiny letters on the small piece of paper were these words:

Don Armando, Now that I'm free as a bird and not cooped up in a cage, I wish to pay you for my injustice. I was foolish and stupid during those tender years of my life, because I failed to respect other people's property the way my parents taught me. I stole and killed your cows, but I suffered for my crime. Now it's a different bird that sings, because "only he who carries the sack on his back knows what's inside."

Margarito Molina.

EPILOGUE

Margarito Molina had scarcely been interred in the small village of San Luis when the Hermano Mayor stopped by to visit Armando Griego. As he got to his house he handed him the envelope containing the letter and the money. Being that Armando Griego was illiterate, the Hermano Mayor had to slowly read him the few lines in the letter. For a brief moment he was crestfallen and pensive, and then he looked up at the Hermano Mayor and said to him, "Very well, brother, to you I give my most gracious thanks. As for Margarito, may God safeguard him in heaven. I've been on this earth for many years and I know that there's no worst resentment than that which comes from the heart. One must forgive and not be judgmental. In the final analysis, '*whether you steal the whole cow or only a leg, it's still thievery (a sin).*'"

EL DESCONOCIDO

"Tanto peca el que roba la vaca como el que roba la pata."

De todos los meses invernales en el Valle del Río Puerco, febrero era el más frío y el que más variaba en temperamento y temperatura. Quizás llamarle febrero loco, como costumbraba mucha gente, no era del todo exagerado. Sólo el valiente y el que tenía sus quehaceres fuera de casa se arriesgaba a salir a pasar fríos o a que se le helara el moco. Y no digamos nada de los vientos que parecían penetrar hasta el último rincón del cuerpo humano. No se escapaba ni un solo poro. El hecho es que con los fríos de febrero parecía congelársele a uno hasta el tuétano.

Era un sábado por la tarde en San Luis de Gonzaga, pueblito no muy retirado al norte del Río Puerco. El sol ya empezaba a esconderse detrás del chorro de mesas que se alzaba al poniente. Cuanto más oscurecía, más frío se ponía aquella tarde en febrero. Así era el desierto al desaparecerse el sol tras las mesas. El frío se asemejaba al del amanecer. Picaba hasta las entrañas.

La Venadita era la cantina más popular en San Luis. Tenía fama por todos sus contornos. Muchos vaqueros de las cercanías solían ir a San Luis a pasarse un buen rato los sábados por la noche. Así se olvidaban de aquellos inviernos yertos que sufrían en el campo componiendo cercos, clavando postes, o quebrando el hielo en el río o en las lagunas para que bebiera agua el ganado.

Era tempranito, de manera que había sólo unos cuantos vaqueros tomando sus copas en La Venadita cuando entró un hombre desconocido. Se quedaron todos viéndolo. Jamás se había visto por esos lugares. Se acercó a la barra, le dio un vistazo fijo a don Procopio, el dueño, le pidió un vaso de agua, se lo empinó y salió sin hacer una mueca o sin decir una palabra.

Nomás en cuanto iba saliendo aquel desconocido, cuando se topó en la puerta con Liberato que acababa de llegar del campo con otros dos compañeros. Liberato paró a echarse un trago antes de ir a alquilar un cuarto para pasar la noche. Sus compañeros se fueron a visitar a unos amigos. Los tres trabajaban en El Rancho Alegre de don Vidal Mirabal, hombre ricachón, en el Rincón de las Habas.

—Oye, Liberato, pero qué sorpresa me cae por acá ¿Qué me cuentas, hombre?—preguntó don Procopio—. ¿Qué haces por estas partes con este frío del demonio? ¿Cómo estás?

—Entre verde y seco—musitó Liberato—. ¿Y quién era ése que salió?

—No sé quién sería—respondió don Procopio sin darle mucha importancia a la pregunta, o al individuo de quién se hacía la pregunta.

En seguida le trajo don Procopio un trago de aguardiente y una cerveza a Liberato. El dueño ya sabía lo que le gustaba más.

—¿Quieres comer algo?

—Pos, sí. Estoy con la tripa clara pero al rato vuelvo. Tengo que buscar un cuarto pa pasar la noche.

En un decir amén se empinó Liberato el aguardiente. La cerveza se la bebió con más calma pero sin prorrogar el asunto.

—Güeno, don Procopio. Ya lo miro un poco más tarde—y se despidió Liberato.

Fue a alquilarse una habitación en una casa particular. Una vez colocado, se bañó, se afeitó y se puso su ropa de gala. Llevaba sus botas de vaquero Black Nocona con tacón medio alto y la punta cuadrada, sus lonas, una camisa rayada colores rojo y negro y un sombrero Stetson negro nombrado Del Rey. Su mascada roja hacía juego con la camisa. La hebilla de la faja tenía un peso de plata montado en una pequeña herradura, también de plata. El peso y la herradura relumbraban al pegarles la luz de la lámpara de aceite en la mesita al lado de la cama.

Listo para irse de juerga, regresó Liberato a La Venadita. Una vez dentro, se dirigió directamente a la barra con sus siete u ocho taburetes.

—¡Quihúbole, Libe!—preguntó Ceferino, el hijo de don Procopio, que también conocía bien a Liberato—. Me dijo mi apá que estabas por acá. ¿Qué vientos te traen antes de fines del mes?

—Mira nomás—contestó Liberato—. Por primera vez nos pagó don Vidal a mí y a los otros dos compañeros pa la quincena. ¡Mejor sorpresa no podría habernos caído del cielo! Estábanos desesperaos por venir a pasar un güen rato.

—¡No me digas! Güeno, ¿qué vas a tomar? ¿Lo de siempre?

—Lo de siempre. Pero traigo un hambre que ya se comen las grandes (tripas) a las chiquitas.

—No te apenes. De dos por tres te ponemos algo que comer.

Mientras Liberato esperaba la cena, se puso a vigilar por toda la cantina. No cambiaba de aspecto. Seguía igual. Es lo que le daba un sabor especial, o más bien un olor único. La cantidad de cerveza que se consumía en aquella cantinita era increíble. Muchos de los clientes bebían como una esponja. Otros se ahogaban en sus penas—o a veces quizás hasta en la misma cerveza. A muchos los acogía la tristeza de aquel desierto imperdonable durante el invierno.

El tablón en la pared al lado de la cocina, donde estaban tres mesas, cada una con una lámpara de aceite, seguía con los mismos retratos desteñidos de mujeres desnudas. Ya nadie les hacía caso a no ser que fuera un recién venido. Ni siquiera los mismos viejitos se distraían con aquellas muchachas en cueros. De vez en cuando se veía un letrero nuevo escrito en inglés que alguien martillaba de puro chiste, porque era contado el que supiera leer inglés. El más reciente anuncio que ocupaba su lugar en el tablón era uno que decía, "Wanted: Dead man with three-legged horse."

—Ya viene la cena—le dijo Ceferino a Liberato cuando inesperadamente volvió a aparecer en la puerta aquel desconocido como si fuera un fantasma.

Era un tipo vestido en un traje gris, camisa blanca, con zapatos negros. ¡De hecho el traje no estaba hecho a la medida! Las mangas de la chaqueta le colgaban más allá de la punta de los dedos, y los pantalones le quedaban cortos, muy rabones. "Jaiwata," como decía la gente por allí. Tal apariencia—o aparición—daba risa. Ni siquiera le llegaban los pantalones a los tobillos. Los mismos calcetines blancos que llevaba puestos con el elástico roto apenas le cubrían los tobillos. Nadie, ni el hombre más pobre, se vestía así en San Luis o en los otros pueblitos del Río Puerco. En la mano derecha cargaba un abrigo negro que llevaba puesto la primera vez que paró por La Venadita.

La gente en La Venadita pronto se dio cuenta de su presencia. Se quedaron todos mirándolo de reojo en aquel traje desmedido. No hubo quien dijera nada, ni siquiera un cuchicheo, ya fuera de miedo, de asombro o de pura lástima. El silencio decía mucho pero expresaba poco. Seguramente que aquel traje era regalado, pero quién sería el tipo. No se sabía. Lo que no se sabía tampoco era de dónde habría venido aquel tío extranjero.

A primera vista contaba más o menos con sus cuarenta abriles. Pero lo que llamaba la atención, ante todo, era su estatura. Era bastante alto, como un pino ponderosa, erguido, con un bigotito fino que parecía estar rayado con un lápiz de punta negra fina. Tenía el pelo rizo, la cara picada de viruelas, una nariz aguileña y unos ojos negros achinados. Se acercó al lado derecho de la barra. Fijó su mirada sin parparear en el cantinero que estaba de espalda pero cuya cara se reflejaba en un pequeño espejo redondo colgado en la pared detrás de la barra. Ni uno ni el otro decía una palabra.

Entretanto le trajo la mesera a Liberato carne asada de cabrito, chonguitos, papas fritas y alverjones con chile colorado que había cocinado la esposa del propietario. De postre le puso una sopa típica del valle hecha de pan, queso y pasas con caramelo.

La mesera, hija del dueño, era una muchacha jovencita muy simpática. Le preguntó a Liberato si le gustaría pasar a una de las mesas. Sin decirle él sí o no, le aconsejó ella con cierta inocencia y preocupación que estaría más cómodo en una mesa.

—Allí podrá estirar los codos y no tener que encoger las piernas o estar sentado de lado en la barra.

Después de mudarse, apenas empezaba a saborear la comida cuando se presentaron los dos compañeros de Liberato, Bernardo y Leonardo. Ambos eran gemelos. Se sentaron a la mesa. Bernardo se distinguía de su hermano por tener un ojo azul y el otro acafetado.

—¡Quihúbole Liberato!—dijo Bernardo, el más travieso, esperando sacarle polvo a la camisa de Liberato tras una palmada en la espalda—. ¿Te quedas o te vas al rancho esta noche?

—Me quedo—les dijo—, dándose cuenta que ya habían empezado a beberse el sueldo de la quincena—. Tengo un cuarto arrentao par esta noche. Me marcho tempranito mañana por la mañana.

—¡A qué güeno!—dijo Leonardo—. Mañana arrendamos nosotros tamién. Te acompañamos. Podemos ir juntos si quieres.

—Está bien conmigo. Antes de que raye el sol nos vamos. ¿Qué dicen? Pasen por la casa del Sr. Ezequiel Lovato, el viudo. Allí duermo esta noche.

—Como tú digas, Liberato—respondieron los dos a la misma vez como dos cómicos borrachos.

Pidieron unos tragos los hermanos gemelos mientras Liberato seguía disfrutando de la cena.

—Oye Liberato. ¿Quién es el palo alto ese que está parao a la orilla de la barra?—preguntó Bernardo—. ¡Qué espantajo ni que nada!

—No sé—murmuró Liberato entre bocados—. Hace un rato que entró, pero no dice nada, y el cantinero no le hace aprecio.

—Será uno d'esos turcos que pasan por aquí de vez en cuando queriendo engañar a la gente con sus cachivaches—arremetió Leonardo.

Poco a poco se fue llenando La Venadita. Como era sábado, el dueño había puesto una carpa al frente, atrincada a la cantina, para que bailara la gente. Los músicos estaban pendientes de llegar a eso de las nueve. El reloj de cuerda en la pared, con un trasfondo blanco y un toro negro en el medio, marcaba unos minutos para las nueve.

Ceferino, a cado rato, más y más ocupado. Era joven, pero se veía más viejo de los años que cargaba. Tendría sus treinta y cinco o cuarenta años. Era chaparrito, gordito, con un ojo de cristal. Según el mitote, había perdido el ojo izquierdo en una pelea en California o Colorado. No se sabía por cierto. Y la razón por qué, tampoco. A veces usaba gafas para disfrazar su ojo postizo, pero todo el mundo sabía que alguien le había apagado la luz en aquel pobre ojo. Y los que no lo conocían, pronto se daban cuenta del ojo de cristal porque le bailaba en su órbita como el azogue. Particularmente cuando movía la cabeza recio de un lado a otro.

Ceferino seguía caminando de una orilla de la barra a la otra como una gallina clueca. Nervioso. Sirviendo cerveza tras cerveza. De vez en cuando ponía un vasito de aguardiente. Apenas se fijaba en aquel hombre de apariencia estrambótica. Por fin, después de sentarse el extranjero, le pregunta Ceferino.

—¿Qué se le ofrece, camarada?—le preguntó sin saber qué le contestaría.

—Vino—le respondió el hombre del bigotito negro.

—Aquí por estos rumbos sólo se toma cerveza y aguardiente.

—Pos donde yo vivía munchos años atrás solamente bebía vino, aunque juera a escondidas.

—Aquí el único que toma vino es el padre, y hoy no vino a dar misa mañana porque se quedó en su pueblo con su sobrino preparando el vino—comentó Ceferino de una manera sarcástica.

—Mire—le dijo el hombre aquel raro—. Yo vengo de muy lejos, y de güen corazón y con güena razón, pero ése es otro cuento. Por ahora, no demos por alto a lo del vino porque hace largos años que no tomo un trago.

Ceferino se quedó mirándolo. Le salía lumbre por los ojos. Quiso ignorarlo, pero no pudo. Mientras tanto, muchos de los clientes estaban con las orejas en el aire tratando de escuchar lo que no les importaba. Otros se preocupaban más por gritarle a Ceferino porque querían más cerveza. El ambiente en La Venadita se venía animando. El bullicio aumentaba a cada momento. Las olas de humo empezaban a bailar por encima, a brotar contra el techo y a oscurecer la cantinita.

De pronto se puso de pie el desconocido. ¡Pegó un grito repentino! Todos se quedaron espantados. Incluso Ceferino mismo.

—¡Óiganme todos!—rugió en voz alta—. El cantinero me dice que aquí todos toman nomás cerveza y aguardiente. Bien, yo respeto el gusto de cada quien, pero al paladar mío le complace mojarse más con el vino. Cosa curiosa, pero ¿saben por qué me gusta tanto el vino a mí?

En aquel instante pararon todos las orejas como un burro para escuchar las palabras que estaban por salir de la boca de aquel hombre en su traje insólito.

—Porque cuando yo era monecilla le robaba vino al padre.

Al oír estas palabras soltaron todos la risa. Seguramente que muchos de aquellos hombres habían hecho lo mismo.

—No hay nada en este mundo como el saor de un güen vino—añadió el hombre del bigotito rayado—. Escúchenme—insistió mientras todo el mundo seguía atento con las orejas paradas al recitar él estas palabras—.

> ¡El que a este mundo vino,
> y no ha tomao vino,
> antonces a qué chingaos vino!

Todos soltaron la risa otra vez, inclusive un inocente que acababa de entrar en la cantina. En San Luis de Gonzaga se le conocía cariñosamente como Manuelito. Él andaba ya en sus copas. Oyó lo que acababa de escuchar, pero sus intereses creados eran otros.

—¿Ónde *ehtá* el dueño? El que me fía—tartamudeó en voz alta mientras le colgaba la baba de un lado de la boca—. Yo *buco clédito. Quielo* un trago *ahtes* de ir a trampar oreja.

De buenas a primeras se oyó una voz que venía desde un rincón de la cantina burlándose de Manuelito.

—Óyeme, Manuelito—le gritó un vaquero como remedando los versos poéticos del desconocido—.

> No está el que fía,
> porque jue a partirle
> la madre a un hijo
> de puta que le debía.

Todos se volvieron a reír, esta vez a carcajadas, menos el hombre del traje mangas largas y pantalones cortos. No le hicieron gracia aquellas palabras burlescas e insultantes. Se puso de pie otra vez.

—Miren, no hay que reírse de las criaturas inocentes que ha puesto Dios en este mundo. Ellos no tienen la culpa. Su inocencia merece nuestra piedad. Vente Manuelito. Yo te compro un trago, pero cuando te lo acabes, tienes que irte a dormir. Y cuidao con el frío. Está que pica. No te vayas a quedar helao por ahi.

Luego sacó el extranjero un billete de cien dólares de su cartera negra que relumbraba contra la luz de lo nuevo que era. Todos se quedaron con los ojos como platos. Azorados. Era un dineral bárbaro. Creyeron que se lo iba a dar a Manuelito, pero se lo entregó al cantinero.

—Miren—proclamó alzando el billete en el aire con la mano derecha—. Aquí le doy estos cien pesos al cantinero. Este dinero es pa que todos ustedes tomen a cuenta mía. Yo sé muy bien que a mí no me conocen por aquí, pero quiero que gocen d'esta noche y que se acuerden de mí. Pues ahora, un brindis—y alzó un vaso de vino que le había dado Ceferino de un escondite que tenía. Luego gritó en voz alta el desconocido,

—¡Que viva el vino! Porque no hay mejor vino que el que bebe uno en casa ajena.

—¡Que viva!—gritaron todos y pidieron más tragos. Manuelito ya estaba acariciando su bote de cerveza como un niño que saborea su chuchuluco.

En eso llegaron los músicos. Eran dos viejitos. Uno tocaba la guitarra y el otro su violín. Empezó el baile allí fuera en la carpa pegada a la cantina. Se vació La Venadita casi por completo con la primera pieza, desde el más viejo al más menor, tanto hombre como mujer. Hasta los mismos niños que estaban fuera en la carpa con sus familias salieron a bailar, imitando a los mayores. El desconocido se quedó dentro. Se la pasó tomando vino que había sacado Ceferino de la dispensa, su escondite—vino que le habían regalado los monjes de Bernalillo a su padre.

A pesar del frío que hacía en la carpa, muchos bailaron hasta la madrugada. Otros se fueron a casa con los niños a medianoche. Los que se quedaron atizaban el fogón en medio de la carpa y de vez en cuando le ponían su leño de sabino. Aquellos que no se calentaban con el calor del fogón, se calentaban con puro bailar o el licor que tomaban.

Tras haberse comprometido el desconocido a comprar los tragos el resto de la noche a todo el que quisiera—lo cual causó un asombro entre la gente y a la vez un regocijo—uno de los hombres le invitó a que saliera a bailar.

—Oiga güen amigo—dijo un poco tomado—. A tirar chancla se ha dicho. ¡Que no se le peguen las suelas al suelc! ¡Ándele!

Con una sonrisa que se le estiraba el bigotito todavía más, daba vistazos por toda la carpa. Ya llevaba su buen rato en la carpa sin bailar. Se acercó a donde estaba la hija de la familia más pobre de aquellas tierras. La familia de Armando Griego. El desconocido se había fijado que nadie invitaba a la hija a bailar. Zoraida llevaba por nombre. No es que fuera fea ni bonita, pero tal vez por ser quien era su familia se negaban tanto los hombres como los jóvenes a sacarla a bailar. Lo cual era irónico porque casi todos en el baile eran pobres, pero los Griego eran retepobres.

En una época Armando Griego y su familia estuvieron bastante bien; se ganaban la vida con sus siete vacas de leche que tenían. No había nadie en toda la región que pasara mejor vida que los Griego. Armando cuidaba sus vacas con un esmero majestuoso. Ya fuera en el verano o en el invierno él no se descuidaba de ellas.

Por la noche les tenía su pastura en el corral y durante el día su agua en la artesa. Las vacas eran el tesoro de bien estar para él y para su familia.

De la leche que ordeñaba Armando todas las mañanas, Josefa, su esposa, hacía los mejores requesones en todos los alrededores. Venía gente de todas partes a comprarle quesos que guardaba en la dispensa envueltos en trapos hechos de sacos de harina. La misma gente de su vecindad la admiraba. Tenía fama Josefa por sus requesones.

Pero todo esto se acabó de un día para otro. Una noche bastante oscura fue un atrevido—o atrevidos—y entró al corral donde tenía Armando Griego sus vacas encerradas e hizo algo increíble. Según se comprobó al día siguiente, el individuo se quitó la faja que llevaba puesta y se la puso de cabestro a la vaca que llevaba cencerro y la sacó del corral. A pesar de lo oscuro que estaba, las otras vacas la siguieron, porque así son las vacas.

Cuando llegaron las vacas a un despeñadero que daba al Río Puerco, de algún modo inexplicable, aunque no se sabe por cierto cómo, se empujó una por una a las siete vacas y fueron a estallarse en las aguas del río. Si no se quebraron la nuca, por cierto que se ahogaron en las honduras del río.

No se supo al momento quién cometió aquel acto tan inhumano, pero una cosa sí se sabe—los Griego jamás pudieron reponer sus vacas de leche. Desde aquel día—o noche—en adelante empezaron sus días de miseria y pobreza. Sólo quedaban los buenos recuerdos de los quesos requesones. Todo el mundo se condolía de ellos, claro, pero como todos eran pobres, fueron incapaces de ayudarles a recuperarse. Poco a poco Armando y su familia fueron de mal en peor. Había veces que no tenían más que comer que migas y semillas de chile colorado revueltas con greve de harina y agua, la comida más pobre del pobre. Hasta hubo quienes los apoderaban Los Migas.

Como dice el dicho, "Cuando ven al pobre por los suelos, todos quieren acabar con él a patadas." Sin embargo, el extranjero sacó a Zoraida a bailar.

Los músicos seguían tocando sus piezas antiguas y modernas. Desde "El rechumbé," "La cuna," "El baile de la escoba," "El chiquiao," a valses, polkas y corridos. Y el desconocido y la muchacha más pobre seguían levantando polvo en el suelo de tierra. A media-noche se fueron ella y su familia a casa, y él se metió a la cantina. Ya no bailó más el resto de la noche sino que se la pasó tomando vino.

Habiéndose llegado la madrugada, quedaba muy poca gente en el baile. El frío estaba que no se aguantaba. En la cantina que-daban apenas unos vaqueros. El desconocido, sintiendo sus copas, se puso de pie. Se acercó a Ceferino, a quien se le notaba que ya lo rendía el sueño.

—Oiga cantinero—le dijo mascándose las palabras de tanto vino que había consumido—. ¿Le *queo* debiendo algo o no? Hay que '*rreglar* las cuentas en *ehte* mundo, ¿no cree? Diun modo *gotro* no se va uno d'este mundo sin pagar las que debe, ¿no cree?

—Too está arreglao. No se apene. No debe niun centavo—le informó Ceferino.

El desconocido, medio trepándose encima de la barra, se acercó bien, bien cerquita de la cara de Ceferino y le dijo en voz baja,

—Oye, Cefe. No te hagas el tontito, hombre. Sabemos *quiées* semos. Sabemos por qué y dónde nos traquiamos. Me duele de too corazón que quedaras tuerto. Pero *eh mejo* vivo y tuerto que muerto, ¿no crees? Jue una pelea loca. Tonta. ¿No crees? Güeno, me voy. Que Dios te bendiga. Ah, *po* poco se me olvida. *Tu* cama-raas en la pinta te envían saludes. Adiós.

Ceferino se quedó calladito. No dijo ni pío. Bien sabía quién era aquel hombre, y de dónde era. También sabía por qué había estado en la pinta. Todo recalcaba en un pasado desagradable. Oscuro. Un pasado que no se podía borrar pero que con el tiempo a lo mejor se pudiera olvidar.

Al día siguiente amaneció Liberato bien crudo y con dolor de cabeza. No obstante, se levantó bien tempranito antes de que saliera el sol. El viaje a caballo al Rancho Alegre tardaría por lo menos una hora u hora y media, pero quería llegar temprano para descansar el resto del domingo.

Acababa de mascarse el último bocado de tortilla cuando llegaron sus compañeros. Tomó lo que le quedaba de café antes de que tocaron ellos la puerta de la casa donde había dormido. Salió a saludarlos.

—¿Listos compañeros?—les preguntó, frotándome las manos como reconociendo el frío que hacía—. ¿O quieren una taza de café antes de irnos?

—No. Ya almorzamos—respondió Leonardo—. Hay que chalequiarle pa no llegar muy tarde. Mañana tenemos que embocarle al trabajo. Ya sabes cómo es el patrón. Si nos pesca arrastrando la cola, se le sube la mostaza.

Cogió Liberato el sombrero, se lo puso, y agarró su mochila y se despidió de don Ezequiel. Montaron los tres vaqueros sus caballos y salieron andando al trote para que poco a poco se les fuera calentando el cuerpo a las bestias. Con el frío que hacía, y lo tieso que tenían las patas, los podían lastimar si no tomaban precaución. Iban a buen trote cuando llegaron Liberato, Leonardo y Bernardo al Río Puerco cerca de La Cuesta de Chihuahua donde tenían que cruzar.

Al otro lado vieron a un hombre en el plan del río que los

capeaba desesperadamente con el sombrero. Le abreviaron a los caballos. Bajaron a buen galope. No tardó Liberato en reconocer al señor. Era Armando Griego, el papá de Zoraida, la muchacha con quien había bailado el desconocido la noche anterior. Armando había bajado a pie a quebrar el hielo en el río donde le daba agua a su vaca de leche. La única vaca que tenía que le había regalado don Vidal Mirabal.

—Güenos días le dé Dios don Armando. ¿Qué pasa?—gritó Liberato desde este lado del río.

Don Armando, más espantado que un caballo arisco, apuntaba vigorosamente desde el otro lado del río a un cuerpo que estaba boca abajo en el hielo del río un poco retirado de donde él estaba parado. Cuando se acercaron más Liberato y sus dos compañeros, pensaron que era Manuelito. Luego se apearon de las monturas. Dejaron las bestias sueltas y caminaron de puntillas en el hielo procurando no resbalarse. Se podían despaletar igual que un caballo.

—¡Miren, miren lo que me encontré hace un rato cuando bajé a darle de beber a mi vaca!—dijo el papá de Zoraida apenas alcanzando resuello.

Bernardo, de lo atrevido que era, se acercó al cuerpo que llevaba puesto un sobretodo negro y quiso voltearlo boca arriba pero no pudo. Un lado de la cara estaba pegado al hielo. Le dio miedo arrancarle la carne. Entonces Liberato trató de despegar la cara pero tampoco pudo. Se quitó los guantes de vaqueta y se soplaba las manos para calentárselas. Poco a poquito fue metiendo la mano derecha por debajo de la cara hasta que la despegó. Al instante reconoció al hombre. ¡Era el desconocido! Según parece iba a pie—y borracho—y se resbaló en el hielo. Se notaban los arañazos en el hielo donde procuró pararse pero no

pudo. Allí se quedó. Allí se heló del frío que hacía. No se sabe a
dónde iría.

Liberato y sus compañeros de un momento a otro no hallaban
qué hacer. ¿Qué hacer con el cuerpo de aquel pobre desgraciado?
Tras una pequeña discusión se decidió que regresara Liberato a San
Luis a dar aviso al sacristán para que doblara la campana avisán-
dole a la comunidad, lo cual era costumbre cuando ocurría una
muerte. Pronto se enteró todo el pueblito de que era el desconocido. ¡Y que había muerto helado!

El Hermano Mayor de los Penitentes fue el primero que pasó
a la iglesia a hablar con el sacristán para averiguar el asunto y asis-
tir en lo que pudiera. El Hermano Mayor actuaba como el "padre
espiritual" en ausencia del cura porque éste no venía más de una
vez por mes a dar misa. Hoy domingo no vendría. Tampoco se
tardó en llegar Ceferino.

—Yo croque hay que prender un tiro de caballos y asina
podemos recoger el cuerpo de Margarito Molina pa trailo pacá—
dijo con toda la tranquilidad del mundo.

Al oír todos a Ceferino pronunciar el nombre del finado—se
quedaron atónitos.

—¿Tú lo conoces?—le preguntó ansiosamente Liberato.

—Sí—respondió Ceferino sin hesitar—.

—¿Pues qué nos cuentas de él?—preguntó el Hermano Mayor.

—Era huérfano—continuó Ceferino—. Su mamá murió
cuando él era niño. A su apá lo mataron en un desacuerdo que tuvo
con dos hombres de Márquez cuando Margarito tenía diez y seis o
diez y siete años de edá. Poco después lo llevaron a la pinta porque
se robó y mató unas vacas de un hombre. Tengo entendido que este
hombre era de aquí del valle. Croque a Margarito lo sentenciaron
de quince a veinte años cuando tenía sus diez y nueve años, por

ahi. Apenas salió de la pinta anteayer cuando se vino pacá pa San Luis. Era del Rincón de las Yeguas, cerca del Cabezón, del otro lao del Río Puerco.

—¿Y cómo sabes tú tanto de él?—preguntó Liberato.

—Porque yo lo conocí en la pinta—respondió Ceferino—. Jue cuando nos agarramos él y yo. Jue tamién cuando me quedé tuerto d'este ojo—apuntándose al ojo izquierdo.

—¿Y que no tiene gente por acá?—le preguntó el Hermano Mayor.

—Tenía apenas un tío, el que lo cuidó después que mataron a su apá, pero se murió mientras estaba Margarito en la pinta.

Prendió Ceferino el tiro de caballos de su padre y se fueron él y el Hermano Mayor a recoger el cuerpo de Margarito Molina. Liberato los acompañó en su caballo antes de volver con sus compañeros al Rancho Alegre. Cuando llegaron al Río Puerco, allí estaban sentados esperándolos Leonardo, Bernardo y el papá de Zoraida. Lo primero que hizo el Hermano Mayor fue echarle la bendición al muerto. De allí recogieron el cuerpo y se lo llevaron el Hermano Mayor y Ceferino a una casa vacía detrás de la iglesia cerca de La Morada donde vivía una viuda que había muerto unos meses atrás.

El sacristán le pidió al carpintero de la comunidad que le hiciera un cajón de madera al difunto. Por la tardecita unas mujeres aforraron el cajón con tela negra muselina y le pusieron dos crucitas en tela blanca, una en cada lado. Luego lo tendieron en uno de los cuartos para velarlo esa misma noche antes de sepultarlo al día siguiente en el camposanto en frente de la iglesia. Como el fallecido no tenía parientes, no había por qué prorrogar el entierro.

Al esculcar el Hermano Mayor los bolsillos del traje del muerto antes de tenderse al extranjero, había encontrado la cartera, nada más. Pero al quitarle los zapatos—ya que nunca se enterraba a un difunto con zapatos—en uno de ellos halló un pequeño sobre que estaba sellado con el nombre de Armando Griego. Al abrir el sobre halló un pedacito de papel doblado y dentro un billete bien dobladito. Se quedó boquiabierto. ¡Eran mil dólares! Escrito con lápiz en letra menudita en el papel se encontraban estas palabras,

Don Armando, Ahora que soy pájaro libre y no en jaula, deseo pagarle por mi injusticia. Jui tonto y salvaje en aquellos años tiernos de mi vida porque no supe respetar lo ajeno como me enseñaron mis padres. Le robé y maté sus vacas, pero padecí por mi delito. Ahora otro pájaro canta, porque "nomás el que carga el saco sabe lo que lleva dentro." Margarito Molina.

Epílogo

No acababan de sepultar a Margarito Molina en el pueblito de San Luis cuando fue el Hermano Mayor a visitar a Armando Griego. Al llegar a su casa le entregó el sobre con la carta y el dinero que contenía. Como Armando Griego era analfabeto, el Hermano Mayor tuvo que leerle despacito aquellos renglones. Por un breve momento se quedó cabizbajo y mediabundo. Luego levantó la cabeza y miró al Hermano Mayor, y le dijo,

—Güeno, hermano, a usté le doy mis bondadosas gracias. Y a Margarito, que Dios lo guarde en la gloria. Yo llevo munchos años en este mundo y sé muy bien que no hay peor rencor que el que guarda uno en su corazón. Hay que perdonar y no juzgar. Al cabo que *'tanto peca el que roba la vaca, como el que roba la pata.'*

Pranks

One morning Mom went to have coffee with Aunt Trinidad. She returned home a little before noon. As she entered the kitchen she heard a terrible noise. There she found my Angora cat with an aluminum plate tied to his tail with a long string. That poor animal was jumping from here to there—from the cupboard to the window. He was jumping all over the kitchen, crazy as all get out not knowing what was pursuing him, knocking himself silly time and again at every turn. The poor cat didn't know which way to turn. As he took one of those jumps, he ran smack into the sugar bowl, which landed on the floor, spilling the sugar all over the place.

Mom tried to catch the cat, but he would slip on the sugar while the aluminum plate struck him on its tail and scared the dickens out of him even more. The cat, beside himself, flew through the air like a bat. Finally, as he took one of those leaps, the string became entangled in some geraniums—which he almost destroyed—that Mom had in the window. That's where he landed and only then was Mom able to remove that darn plate. She caressed him little by little until the cat got over being frightened. He was so startled, he didn't even growl.

"My, Adancito! When are you going to quit causing mischief?" she said because she suspected him of being the architect of that prank, causing the poor animal to suffer.

Adán was my little brother. He was six years old, two years younger than I was. He was absolutely terrible. He was always clowning around. He never passed up a chance to play a trick on someone regardless of who it was. He was a real devil. At times I think he did it on purpose just to make life miserable for my parents.

One evening during the summer, we had just finished eating supper. It was on a Tuesday. I'm reasonably certain of this because Mom liked to cook pinto beans on Tuesdays. It was also the day she ironed (that way she didn't have to quit ironing to fix something for us to eat at noon because we ate "whole" beans). The sun still hadn't gone down, and the kitchen where we were was hot as an oven. Dad went to the stables to feed the horses, and Adán and I stayed back to help Mom do the dishes.

She washed while I dried, and my little brother put them up in the cupboard. That is, he put them away if they didn't slip from his hands and take off rolling on the floor like a tire. The first time one slipped from his hands, the cat, scared, took off running like crazy throughout the kitchen, knocking himself silly on the table legs. Growling. Adán cracked up laughing at that comical scene. And since the plates and cups were unbreakable, I believe that from time to time they left his hands on purpose so the cat would take off growling once again, bumping here and there.

When Dad came back from the horse stables the sun had already disappeared behind the mountains. Mom had sat down in a chair on the patio to rest and cool off a bit with the early evening desert breezes. I went and brought a chair for Dad so he could join Mom. My little brother and I continued running and messing around, causing mischief all around the house.

Dad took out his little sack of Golden Grain and his ABC cigarette paper to roll a cigarette. He peeled off a sheet and half-folded it with his index finger and his thumb in each hand. He opened his little sack of tobacco, held the cigarette paper with his left hand,

and with his right hand very carefully poured the tobacco. He then pulled tight the little yellow sack's string with his teeth. He tucked his tobacco in the left-hand pocket of his shirt, moistened the cigarette paper with the tip of his tongue, and rolled the cigarette. He then lit it by striking a match under the seat of his chair. The truly meticulous manner in which Dad rolled his cigarettes was indeed an art.

He took his first puff, held his breath, and then exhaled smoke through his nose in a most healthy and satisfying way. Blowing smoke through his nose always fascinated me. For me it was nothing short of a miracle. I wondered how he did it. Someday I would find out. Someday I would learn how, because all men learn how, and I would get to be a man just like my father.

He and Mom chatted. I don't know what they talked about, but they always talked about something. Chitchat was never in short supply. Meanwhile, it got a little bit darker, and the mosquitoes began to bite us. Not even the smoke coming from Dad's cigarette scared them away. Once in a while if there were a lot of mosquitoes we would burn cow chips. At times they really did the trick in dispersing the mosquitoes. Perhaps my grandpa's words were well founded when he used to say that "there's no better spread than a good dose of dung." Well, the swatting of mosquitoes continued, but not for long, because Mom was afraid they would bite us too much and we'd develop a fever, so she asked us to go inside the house.

"Come, hijitos!" shouted Mom. "The mosquitoes are going to eat you alive. Come inside, now!" she said as she and Dad went back inside.

"Let's pretend like we didn't hear," said Adán.

"And how do you plan to do that when you can't stop letting

wind? All you do is cut loose. You can be heard in every which direction," I said.

"It's not my fault beans bother me," he said.

"I suppose I'm the one to blame," I retorted.

Dad was more formal and serious than Mom was. She tended to be much more kindhearted, and she tolerated our pranks, because I wasn't exactly a saint myself. Not in the least, although I was much more afraid of Dad than my little brother. He was truly bold. He wasn't at all fearful.

"Come!" Mom shouted once again. "Let's play matchsticks."

I liked playing matchsticks. My little brother did, too, so we didn't take long in heeding her command. In the meantime, I don't how a mosquito got into my underwear, but the fact is, it bit me right on my tailbone and one of my balls.

"If the mosquitoes want more fresh meat they'll have to go look for some other fool," I said and dashed right into the house.

Adán followed me in, although nothing bit him. Seldom did anything bite him, unless it was the sun, and at times I believe even the sun fled from him.

Mom fetched a small box of kitchen matches from the cupboard and those in the matchbox holder and emptied all of them on the table. She divided them between us under the kerosene lamplight she had lit in the kitchen. She gave me the first half of the box and the other half to Adán. There was one extra, the so-called odd one. She did the same thing with the second box. She gave Dad half of the matches and kept the other half for herself. They came out even.

We had a rule. Whoever got the odd match played first. It's not that it mattered much really because in reality the odd one started the game and oftentimes finished it, whether it was a church, an oratory, a little house, a bridge, or whatever it was we were building. At times all the matches were used without a single one tumbling down no matter what was being built. If bad luck had it that one of the players placed a match and the church (or whatever we were building) came crumbling down, he lost. Then each of the other players gave him a match. This was sort of a penalty. At the end of the game, the matches were counted, and whoever had the most matches, lost. Rarely did two players tie.

We started. My little brother went first. No sooner had we started the game than he began to complain that he always got the odd match, which was not true. He just imagined it. He didn't accuse Mom of not knowing how to divide, but he did grumble that we were conspiring against him, whether Mom, Dad, or I divvied up the matches.

The truth is that it didn't matter who counted the bloody matches because my little brother almost always liked to feel like an orphan. Despite everything, he enjoyed playing. Complaints or no complaints, odd match or no odd match.

With each match that we placed, joined, or intertwined, my little brother grumbled. The edifice, the construction, kept on growing. One never knew what would come of it. It looked like a tower. No, a chimney. Could it be a stovepipe? No, because a stovepipe is round, and what was emerging from us, the architects, was more square than circular. The more matches we used, the more serious we got, the more thoughtful.

While each one of us contemplated our next move, Mom looked up and burst out laughing. There was Adán, cutup that he was, with two matchsticks in his nose—one in each nostril—which really looked hilarious.

"What in the devil are you doing now?" asked Mom, a trifle serious.

"I'm a wild boar with husks," responded Adán, the show-off.

"Come now! Stop playing around and play," Dad said to him in a serious but playful tone. "It's your turn."

"How can I play if you don't want me to play?" protested Adán in a mocking voice.

Dad ignored him, pretended not to hear. He had rolled another cigarette and continued blowing smoke through his nose. Mom's hands were folded as if she were going to pray or receive communion. Adán kept scratching his head, and it wasn't because he had lice. He was restless. As for me, I kept scratching one of my balls and my rear, not to satisfy myself, not at all, but because of the darn mosquito bites. The sweating made me scratch even more because the bites itched. Once in a while they tickled. That was the only joy.

"Quit moving around so much and sit still! Do you have ants in your pants or what?" said Dad to me, a bit irritated.

"No, what's bothering him is that one of his balls is swollen," interrupted Adán with an urchinlike laugh.

"Quit butting in! Busybody. And is that your mouth?" added my father, miffed, staring daggers at Adán.

"Well, it's the only mouth I have," muttered Adán in a low voice while he lowered his head without Dad hearing him.

"Go on and put on some Rosebud Salve," said Mom to me without paying attention to the ongoing dialogue.

The matchstick game continued. As well as the itching. There I was on the sly, scratching and scratching. From front to rear. From rear to the front. First my testicle, then my rear end. Darn the defiant mosquito that got in where it didn't belong. My overalls made me increasingly uncomfortable. I would hunch over. I put my head on the table. I tilted to one side so I could put my right hand where it behooved me. I couldn't stand it any longer, when all of a sudden I began smelling something.

The first thing I did was glance toward Adán who was sitting like a saint at the opposite end of the table. I looked at him. He looked at me. He wiggled his nose like a little rabbit, then smiled.

"It's your turn," said Dad to him as he raised his head and looked at the mischievous little smile. "What's so funny? Hurry up so we can finish this game so both of you can go to bed! Pheeewww! What's that smell? Good gracious!"

"The barrel has lost its bottom once again," I said without being asked for my advice.

"They're the cow chips outside," commented Adán.

He could barely keep from laughing. He pinched his nose like a clothespin and opened his mouth to breathe, but his eyes turned watery. You couldn't tell if it was from laughing or straining. At that very instant I saw from the corner of one eye that he tilted to one side and raised his buttock.

Poor Mom. She wouldn't say anything. She just kept putting up with everything. She had infinite patience, but when she got angry, watch out! For the time being, though, the battle was between Adán and Dad.

We continued with our game of matches. By now we had a structure that resembled a water tower. No, perhaps it was a defense tower. We had only a few matches left.

The fewer matches we had, the more Adán's stomach seemed to blow up. You couldn't find a better frog! I knew full well how much he was suffering because I was also beginning to feel the effects of the *beanos*. That's what the young boys called them. We were about to finish the game when Dad exclaimed, "Listen here, you nasty thing! I'm not about to send you off to sleep with the hogs in the pigpen because you're not a pig, but to bed yes, before you get what's coming to you. How disgusting, both of you!"

What fault was it of mine that the mosquitoes bit me? Now it was I who was suffering more than anyone else, not only from the bites but also from the beans. But my little brother had many more enemies because from every bean that he had eaten, he let off a thunder. The fact is that neither one of us was very comfortable. With every given moment we suffered more and more.

A wooden partition separated the kitchen from the bedroom. That's where the four of us slept. Dad and Mom in their bed, and Adán and I in ours.

"Okay. On to bed! Enough of your silliness!" shouted Mom.

From the kitchen to bed it was nothing but a barrage of blaring sounds. That little brother of mine! He sounded like a machine gun, tilting from one side to the other. He even derived pleasure from it. There was no one better at creating thunder.

First we took off our shoes, then we undressed. We put our socks, pants, and shirts on top of our shoes all neatly folded. Last but not least, we knelt down, made the sign of the cross, and thanked God for giving us another day of life and good health. Well, we didn't have as much good health as we did suffering at the moment.

As we lay there, the heat persisted. There was only one window in the bedroom, and the fresh air from the north refused to cool us off. The breeze that didn't come from the north came from Adán's south wind. He didn't stop making noises. Every time he let wind, he burst out laughing. His laughter increased along with his bombardment. It sure wasn't music. I saw no other alternative but to defend myself. Eye for an eye! Fart for a fart! The war was getting serious.

Mom and Dad continued playing their game of matchsticks, but Dad said nothing else until our fumes reached the kitchen. That's when Dad warned us, "Be still and go to sleep! Enough is enough!"

Adán, since he was so prankish, didn't pay attention. Instead he reared up in bed with his posterior like a stinkbug. This was worse. I couldn't stand it anymore. I was beginning to get nauseated. I almost vomited. Then he started to jump up and down on the bed. What better puppet or symphony! He almost hit the ceiling and turned a somersault. Thereupon he put his left hand under his right armpit. He flapped his right arm up and down making noises as though they were real farts. That was the last straw. Dad came in. He covered his nose with his right hand and came into the gas chamber.

"Boy, what pigs! You're really foul! Why didn't you cut loose when you were outside playing instead of here in the house?"

Adán didn't say a word, but I couldn't hold my tongue so I put in my two cents.

"Dad, didn't you hear him outside after supper?" I interjected softly.

"What? What did you say?" responded Dad.

"Nothing, Dad," I said meekly as a lamb.

"Go to bed or the bogeyman's going to come!" Dad warned us rather seriously before returning to the kitchen.

He couldn't have said a more inopportune thing. That's all Adán needed, because he wasn't even afraid of the devil. He started:

> Who is it?
> Old man Inés.
> Who's the other one?
> The tattered old man.

"That's it. You're in for it. The bogeyman's going to come and get you, grab you by the feet!" came Dad's warning from the kitchen.

"There's no such thing as a *coco* (bogeyman), or *caca* (crap), or anything! They're lies. Pure lies," stressed Adán softly while I got under the blankets.

But I'm one who got the chills whenever there was talk of the bogeyman. My grandma had told me many stories about the bogeyman, evil spirits, and all that sort of thing. She didn't lie.

"Now it's my turn. You ask, and I'll answer," suggested Adán daringly.

> Who is it?
> Old man Inés.
> Who's the other one?
> The old fag.

My little brother started laughing. Dad could hear quite well. He had some very sharp ears. Not many things got by him. The last word didn't evade him either. I stuck my head back under the blankets when I heard the chair scrape the kitchen floor. In just one swift jump there was Dad next to the bed. Adán was faceup. Stiff as a dead person. Not from fear. From being a cutup. He pretended to be asleep.

"Where in the devil did you get that business about the old fag?"

Adán didn't say boo. He remained quiet like my cat whenever I scolded him.

"Where from?" Father insisted once again.

My little brother didn't answer. Instead, he stuck his head under the blankets, laughing. It wasn't long before he was coughing—a prisoner of his own misdeed, of his own emission of gases.

"Holy shit! What a foul smell down here! Curses! What a

skunk! How can you stand it?" he asked as if I were the guilty one.

I stuck my head out like a badger. I took off the blankets. I uncovered my mouth, and I let out quite a breath because I was about to choke. I was about to suffocate, while Adán kept on with his bursts of laughter. He found everything very amusing. I also started to laugh.

"Your dad already told you the bogeyman's going to come if you don't go to sleep. Go to sleep!" my mother warned us.

No sooner had she said this than we heard some strong scratching on the window screen to the bedroom.

"Hoooo! Hooo!" was all that could be heard.

My little brother covered his head and said, "Did you hear?"

"Come now, you clown!" I responded. "Don't be a chicken. It can't be anything!"

I barely uttered the last word when a dead silence overcame us. Then we heard the scratches all over again. I dared to look and took a peek toward the window. For sure I saw a ghost. Something was moving from one side to the other. I said to Adán in a low tone of voice, "Look! You can see something in the window. There's something there."

"What do you think I am, crazy? You take a peek," he whispered so Dad wouldn't hear him.

"No. You look. Come on! Take a peek through the window if you don't believe me. You think you're such hot stuff."

He raised the pillow and through a little corner he took a peek. He didn't hear any scratches, but he did see something moving. All of a sudden he peeled off the blankets, because the heat was unbearable. He started laughing. There he was once again like a marionette. Jumping up and down. Shaking and shaking. He kept laughing.

"I know what it is," said Adán. "I bet it's Uncle Samuel's donkey. He's loose from the corral, and he likes to look through windows when there's light."

"Yes, but what light is there here? Tell me! The light's in the kitchen . . . And what donkey? Ha, ha, ha! You're the donkey. All you need are the long ears."

"Keep quiet!" Mom screamed, but this time in a much more serious tone.

Suddenly I heard the screen door to the kitchen, but I pretended not to hear. Adán kept really quiet, as if he hadn't heard anything. It wasn't long before the scraping began anew. Adán turned silent once again, while I sneaked out through the kitchen without Mom seeing me. I turned the first corner in the dark, then I held up at the second corner. I carefully took a peek. I heard the scratching, the scraping on the window screen all over again. Gradually I began to see a bit better because of the kerosene lamp in the kitchen.

I laughed. I didn't know what to do. The bogeyman was Dad! He was holding a broom to quietly scrape the screen like a fan, from one side to the other. From left to right, and right to left, with the same softness. *"What would Adán say if he just knew? What would he say if I told him all about this?"* I don't know how many things popped into my head. I don't know how many things came to me at that given moment. *"What if I get back to my bed and Mom catches me? What am I going to say if she asks me where I've been? To the outhouse? Not a chance. That's why we have the chamber pot."* All of this buzzed by like a bullet . . . in the twinkling of an eye.

When Dad touched the screen once again with the broom, I turned the second corner completely and silently sneaked up on tiptoe. When I was directly behind Dad, without his knowing it, I got real, real close. When he was about ready to scratch the screen again, he bent and lowered his knees facing the window and once again made his noise.

"Hoooo, hoo, hoooo!" He pretended to be a hooting owl. Again he scraped with the broom.

At that given moment I raised my bedbug-killing fingers as if to tickle him, and from down under, I pricked his buttocks! No sooner had I poked him, he sprung forward, gave out a holler, and smacked right into the window frame with his forehead. I took off running as best I could in the semidarkness, went inside the house, and back into the bedroom. Mom acted as though she had not seen me.

Shortly thereafter Dad came in. Mom suspected something, thanks to the shout Dad gave out when I poked him.

"What's wrong? How did you get that goose egg? Where did that bump come from?" asked Mom, playing dumb.

I saw through a knothole in the wood partition that she could barely keep from laughing. Dad sat down and put a wet cloth to his forehead to see if the swelling would go down. He didn't say a word . . . and he never again scared us with the Bogeyman, but at least his mischief brought out a playful side of his nature.

TRAVESURAS

Una mañana fue mamá a beber café con mi tía Trinidad. Regresó a casa un poco antes de mediodía. Al entrar en la cocina oyó un ruidazo bárbaro. Allí halló a mi gato Angora con un plato de aluminio amarrado de la cola con un cordón largo. Brincaba aquel animal de aquí para allá—de la mesa al trastero, y del trastero a la ventana. Saltaba por toda la cocina, loco sin saber lo que le perseguía, dándose a cada vuelta un golpe tras otro. El pobre gato no hallaba por dónde pescar. En uno de aquellos saltos que dio, pégale a la azucarera, que fue a dar al suelo, desparramándose todo el azúcar.

Mamá procuraba pescarlo, pero se resbalaba el gato en el azúcar mientras que el plato de aluminio le pegaba en la cola y lo espantaba cada vez más. El gato, fuera de sí, volaba por el aire como un ratón volador. Por fin, en uno de aquellos brincos que dio, se enredó el cordón en unos geranios—que por poco los destruye—que tenía mamá en la ventana. Allí fue a parar y entonces pudo ella quitarle aquel maldito plato. Lo acariciaba poco a poquito hasta que se le quitó un poco el susto. Ni gruñía de lo asustado que estaba.

—¡Ay Adancito! ¿Cuándo vas a dejar de hacer horrores?—se decía mamá a sí misma porque ella sospechaba que él era el arquitecto de aquella travesura. De aquel martirio del desdichado animal.

Adán era mi hermanito. Tenía seis años. Dos años menor que yo. Él era demasiado atroz. Siempre andaba con sus payasadas. A él no se le escapaba ninguna oportunidad para jugarle cualquier broma a quien fuera. Era el vivo demonio. El vivo diablo.

A veces creo que lo hacía adrede para hacerles la vida pesada a mis padres.

Un verano por la tarde, acabábamos de cenar. Era día martes. De esto estoy casi seguro porque a mamá le gustaba cocer frijoles los martes. Era el día en que planchaba (así no tenía que dejar de planchar y hacernos de comer al mediodía porque comíamos frijoles enteros). El sol todavía no se metía. La cocina donde estábamos, era un horno. Papá salió a echarles pastura a los caballos en la caballeriza, y yo y Adán nos quedamos ayudándole a mamá a lavar los trastes.

Ella lavaba. Yo secaba. Y mi hermanito los alzaba en el trastero. Bueno, los alzaba cuando no se le resbalaban de las manos y salían rodando por el suelo como una llanta. La primera vez que se le fue uno, el mismo gato salió corriendo inesperadamente como loco por toda la cocina del susto que llevó, dándose golpes en las patas de la mesa. Gruñiendo. Adán estaba que se moría de la risa al ver aquella escena cómica. Y los platos y las tazas ya que no eran de cristal, de vez en cuando creo que se le escapaban a propósito para que saliera otra vez el pobre gato gruñiendo. Tope y tope.

Cuando papá volvió de la caballeriza el sol ya se había escondido detrás de la sierra. Mamá se había sentado en una silla en el patio para descansar y refrescarse un poco con aquellos vientecitos del desierto que pegaban a la tardecita. Fui y le traje una silla a papá para que acompañara a mamá. Yo y mi hermanito seguimos brincando, corriendo y haciendo travesuras todo alrededor de la casa.

Papá sacó su saquito de Golden Grain y las hojas de tabaco ABC para hacer un cigarrito. Sacó una hoja, medio la dobló con el dedo índice y pulgar de cada mano. Abrió el saquito de tabaco, detuvo la hoja con la mano izquierda y, con la derecha, echó con cuidadito el tabaco. Amarró luego con los dientes el cordoncito amarillo del saquito. Se puso el tabaco en la bolsa izquierda de la camisa. Mojó la hoja con la punta de la lengua y enrolló el cigarrito. Luego lo prendió rayando un fósforo debajo del asiento de la silla en que estaba sentado. De la manera en que hacía papá los cigarrillos, un proceso verdaderamente meticuloso, era un arte.

Dio el primer chupazo, detuvo el resuello, y luego echó humo por las narices con una satisfacción saludable. El echar humo por las narices siempre me fascinaba. Para mí era una maravilla. ¿Cómo lo haría? Algún día me enteraría. Algún día yo aprendería, porque todos los hombres aprenden, y yo llegaría a ser uno como mi padre.

Él y mamá platicaban. No sé de qué. Siempre hablaban de algo. No les faltaba la plática. Entretanto, se hizo un poco más oscuro y los mosquitos empezaron a picarnos. Ni el humo del cigarrito de papá los espantaba. De vez en cuando si había muchos mosquitos quemábamos buñigas. A veces ésas sí que los hacían desparramarse por todos lados. Tal vez tenían mérito las palabras de mi abuelito cuando decía que "no hay mejor embarre que una buena mierda." Bueno, los manotazos continuaron pero no por largo rato, porque mamá temía que nos fueran a picar demasiado los moscos y nos diera fiebre, de modo que nos mandó que nos fuéramos adentro.

—¡Vénganse hijitos!—gritó mamá—. Se los van a comer vivos los moscos. ¡Vénganse, ahora mismo!—nos mandó mamá mientras ella y papá se metieron en la casa.

—Amos hacernos los sordos—dijo Adán.

—¿Y cómo quieres hacerte el sordo cuando andas ahi con esas perroderas? No eres más que un puro descoserte. Se te oye por toos rumbos—dije yo.

—¡Yo no tengo la culpa que me hagan mal los frijoles!—dijo él.

—¡A poco la tengo yo!—repliqué yo.

Papá era más formal y serio que mamá. Ella tendía a ser de más buen corazón y nos toleraba nuestras travesuras, porque yo tampoco era un santo. Ni mucho menos, aunque yo le tenía más miedo a papá que mi hermanito. Él sí que era más atrevido. No tenía escarmiento.

—¡Vénganse!—volvió a gritar mamá—. Amos a jugar a los fósforos de palito.

A mí me gustaba jugar a los fósforos. También a mi hermanito. De manera que no tardamos mucho en obedecerla. Mientras tanto, no sé cómo se me había metido un mosquito en los calzoncillos. El cuento es que me picó en la mera cola y en un chanate.

"Si los mosquitos querían más carne viva, tendrían que buscarse a otro tonto," y adentro de la casa fui a dar.

Adán me siguió en seguida, aunque a él no le picaba nada. Era contada la vez que le picara algo, a no ser que fuera el sol, y a veces hasta el sol mismo creo que le huía.

Mamá sacó una cajita de fósforos de palito del trastero y los de la fosforera y los vació todos en la mesa. Los repartió a cada uno de nosotros bajo la luz de la lámpara de aceite que había prendido en la cocina. Me dio la mitad de la primera cajita a mí y la otra mitad a Adán. Restó uno. El none. Hizo lo mismo con la segunda cajita. Le dio la mitad a papá y ella se quedó con la otra mitad. Salieron iguales.

Teníamos una regla. A quien le tocara el fósforo none, jugaba primero. No es que importara tanto porque en realidad el none empezaba y muchas veces hasta acababa el juego, ya fuera una iglesia, un oratorio, una casita, un puente o lo que fuera que construíamos. A veces se usaban todos los fósforos sin que se cayera lo que se venía construyendo. Si tocaba la mala suerte que uno de los jugadores ponía un fósforo y se derrumbaba la iglesia o lo que fuera, perdía. Entonces cada uno de los otros jugadores le daba un fósforo. Éste era como una multa. Al terminarse el juego, se contaban los fósforos y el que tuviera más, salía vencido. Rara vez se empataban dos jugadores.

Empezamos. Le tocó a mi hermanito primero. No acabábamos de iniciar el juego cuando empezó a quejarse de que el fósforo none siempre le tocaba a él, lo cual no era verdad, sino que así se lo imaginaba él. No le echó la culpa a mamá de no saber dividir, pero sí se quejó que conspirábamos contra él, ya repartiera yo, mamá o papá los fósforos.

La verdad es que no importaba quién contara los malditos fósforos porque mi hermanito casi, casi siempre solía sentirse como huérfano. A pesar de todo, le gustaba jugar. Quejas o no quejas, none o no none.

Con cada fósforo que colocábamos, que trabábamos, que entretejíamos, refunfuñaba mi hermanito. Iba creciendo el edificio. La construcción. Nunca se sabía en qué resultaría todo aquello. Parecía una torre. No, una chiminea. ¿Sería un chiflón? No, porque los chiflones son redondos, y lo que venía saliendo de nosotros los arquitectos era más cuadrado que circular. Cuanto más fósforos, más serios nos poníamos. Más pensativos.

Mientras cada uno de nosotros contemplaba dónde iba a poner el siguiente fósforo, mamá levantó la vista y no pudo menos de soltar la risa. Allí estaba Adán, majadero que era, con dos fósforos en la nariz—uno en cada ojuelo—que realmente daba risa.

—¿Qué diantres haces ora?—le preguntó mamá, un poco seria.

—Soy un marrano del monte con cormillos—contestó Adán, el fanfarrón.

—Anda. Déjate de jugar y juega—le dijo papá en tono serio mas juguetón—. Te toca a ti.

—¿Cómo puedo jugar si no quieres que juegue?—reclamó Adán en una voz burlesca.

Papá no le hizo caso. Se hizo el sordo. Él había hecho otro cigarrillo y seguía echando humo por las narices. Mamá tenía las manos cruzadas como si fuera a rezar o a comulgarse. Adán se rascaba la cabeza, y no era porque tuviera piojos. Estaba inquieto. Y yo me rascaba el chanate y la cola, no para sacar provecho, no, sino de las comezones de los piquetes de los malditos moscos. El sudor me hacía rascar todavía más porque me ardían los piquetes. De vez en cuando me daban cosquillas. La única alegría.

—¡Déjate de moverte tanto y estate quieto! ¿Qué tienes hormigas en el fundillo o qué?—me dijo papá un poco irritado.

—No, lo que tiene es un güevo hinchao—interrumpió Adán con una sonrisa picaresca.

—¡Déjate tú de arremeter! Entremetido. ¿Y qué con esa boca comes?—añadió papá enfadado, viendo a Adán con ojos de lumbre.

—Pus si no tengo otra con que comer—murmuró en voz baja agachándose la cabeza sin que lo oyera papá.

—Ve ponte una poca de Salve de Rosa—me aconsejó mamá sin hacer caso a aquel diálogo.

El juego de fósforos de palito continuaba. También las comezones. Allí estaba yo a escondidas. Rasca y rasca. De adelante para atrás. De atrás para adelante. Primero el chanate y luego la cola. Maldito sea el mosquito atrevido que se metió donde no debía meterse. Los calzones de pechera, me incomodaban aún más. Me encorvaba. Ponía la cara en la mesa. Me doblaba hacia un lado para ponerme la mano derecha donde me convenía.

Ya no aguantaba más, cuando de buenas a primeras empecé
a oler algo.

Lo primero que hice fue echar una mirada al rumbo de Adán
que estaba sentadito al lado opuesto de la mesa. Lo vi. Me vio.
Movió la nariz como un conejito. Entonces se sonrió.

—Te toca a ti—le dijo papá, alzando la cabeza y viendo aquella sonrisita picaresca—. ¡Que estás ahi con esa risa! ¡Apúrate pa
'cabar este juego pa que se acuesten! ¡Piuuuuu! ¿Qué es esa jeden-
tina? ¡Hijo 'e la patada!

—Se golvió a desfondar el barril—dije sin que se me pidiera
consejo.

—Son las buñigas de aá juera—comentó Adán.

Él no aguantaba la risa. Se pinchó la nariz y abrió la boca para
respirar, pero los ojos se le hicieron agua. No se sabía si de la risa o
de los pujos. En aquel instante vi de reojo que se balanceaba para
un lado y levantaba una nalga.

Pobrecita mamá. No decía nada. Aguantaba. Tenía una pacien-
cia enorme, pero cuando se enojaba, se enojaba. Por lo tanto la
lucha era entre Adán y papá.

Seguimos con nuestro juego de fósforos de palito. Ya teníamos
una construcción que parecía una torre de agua. No. Quizás fuera
un torreón. Nos quedaban muy pocos fósforos.

Cuanto menos fósforos teníamos, más parecía esponjársele
el estómago a Adán. Mejor sapo no se hallaba. Yo sabía lo que
estaba sufriendo porque a mí también empezaban a hacerme mal
los biroles. Así les llamaba la plebe. Estábamos por acabar el juego
cuando exclamó papá,

—¡Oye, cochino! No te despacho al trochil a dormir con los
marranos porque no eres marrano, pero a la cama sí antes de que
se les pongan las peras a dos reales. ¡Qué bajeza la de ustedes!

Yo qué culpa tenía que me picaran los moscos. Ahora era yo el que estaba padeciendo más, tanto de los piquetes como de los frijoles. Mi hermanito tenía muchos más enemigos porque de cada frijol que había comido, se le escapaba un trueno. El hecho es que los dos no estábamos muy a gusto. A cada momento sufríamos más y más.

Un tabique de madera separaba la cocina del cuarto de dormir. Aquí dormíamos los cuatro. Papá y mamá en su cama, y yo y Adán en la nuestra.

—Güeno. ¡A la cama! Ya basta de sus tonteras—gritó mamá.

De la cocina a la cama no fue más que un chorro de ruidos. ¡Ah qué hermanito mío! Iba como una metralladora, tanteándose de un lado al otro. Hasta gusto le daba. Mejor tronador no había.

Primero nos quitamos los zapatos. Luego nos desvestimos. Pusimos las medias, los pantalones y la camisa dobladitos sobre los zapatos. Por último, nos hincamos, nos hicimos la señal de la cruz y le dimos las gracias a Dios por habernos rendido otro día de vida y salud. Bueno, por el momento no tanto de salud sino de sufrimiento. Malestar.

Acostados nosotros, el calor persistía. Había solamente una ventana en el cuarto de dormir, pero el fresco del norte se negaba a refrescarnos. El vientecito que no venía del norte, venía del sur con la ventosidad de Adán. No dejaba de hacer sus ruidos. Cada vez que se afollaba, soltaba la risa. Las risas crecían junto con todo su bombardeo. ¡Qué música ni qué nada! No vi más remedio que defenderme. ¡Ojo por ojo! ¡Pedo por pedo! La guerra se venía poniendo seria.

Papá y mamá continuaban su juego de fósforos de palito, pero él no dijo nada más hasta que no llegaron nuestras llamaradas a la cocina. Fue cuando nos advirtió papá,

—¡Estesen quietos y duérmasen! ¡Ya basta!

Adán, como era tan atroz, no hizo caso, sino que se empinó en la cama con la parte meridional como un perrodo. Esto fue peor. Yo no aguantaba más; me empezaban a dar bascas. Casi trasbocaba. Luego comenzó a brincar y a saltar en la cama. ¡Mejor títere y sinfonía no había! Por poco le pega al techo y se da una marometa. Luego se puso la mano izquierda debajo del sobaco derecho. Aletaba el brazo derecho para arriba y para bajo haciendo ruidos como si de veras fueran pedos. Esto sí que fue el colmo. Entró papá. Se tapó la nariz con la mano derecha y entró en la cámara de gas.

—¡Qué marranos ni qué nada! ¡Cómo son puercos! ¿Por qué no se afollaron aá juera cuando andaban jugando? No aquí en la casa.

Adán no dijo nada, pero yo no pude morderme la lengua y metí la pata.

—¿Qué no lo oyites aá juera despúes de la cena, apá?—interpuse calladito.

—¿Qué? ¿Qué dijites?—respondió papá.

—Naa apá—contesté manso como un cordero.

—¡Acuéstesen o va venir el coco!—nos exhortó papá bien serio antes de volverse a la cocina.

No podría haber dicho cosa más inoportuna. Pues no faltaba más, porque mi hermanito no le tenía miedo ni al mismo diablo. Empezó,

¿Quién es?
El viejo Inés.
¿Quién es el otro?
El viejo roto.

—Ya basta. Ya se los haiga. Va venir el coco y los va 'garrar de las patas—nos advirtió papá desde la cocina.

—¡Qué coco, ni caca, ni que naa! Son mentiras. Puras mentiras. No nos dice eso más que pa meternos miedo—recalcó Adán en voz baja mientras yo me metía debajo de las cobijas.

Pero a mí sí me daba escalofrío cuando se hab_aba del coco. Mi abuelita me había contado muchas historias del cɔco, la cosa mala, espíritus y todo eso. Ella no mentía.

—Ora me toca a mí. Tú preguntas y yo contestɔ—sugirió Adán bien atrevido.

> ¿Quién es?
> El viejo Inés.
> ¿Quién es el otro?
> El viejo joto.

Mi hermanito se echó a reír. Papá oía bien. ⁻enía unos oídos bastante agudos. No se le escapaban muchas cosas. No se le escapó la última palabra. Me volví a meter debajo de las cobijas cuando oí que rechazó la silla en el suelo de la cocina. De un salto se plantó papá al lado de la cama. Adán estaba boca arriba. Tieso como un muerto. No de miedo. De traviezo. Se hizo el dormido.

—¿Diónde demonios has sacao tú eso del viejo joto?

Adán no dijo ni papa. Se quedó calladito como mi gato Angora cuando me le reñía.

—¿Diónde?—volvió a insistir papá.

Mi hermanito no respondió, sino que metió la cabeza debajo de las colchas riéndose. No tardó en toser—preso de su propio malestar. De sus ventosidades.

—¡Híjola! ¡Qué tufo aquí abajo! ¡Carajo! ¡Qué zorrillo ni que nada! ¿Cómo aguantas tú?—preguntó como si yo fuera el culpable de todo.

Saqué la cabeza como un tejón. Me descobijé. Me destapé la boca y eché un resuellazo porque ya me ahogaba. Ya me moría sin poder respirar, mientras que Adán seguía con sus carcajadas. Él creía que todo aquello tenía mucha gracia. Yo también empecé a reírme.

—Ya les dijo su apá que va venir el coco si no se duermen. ¡Duérmasen!—nos aconsejó mamá.

No acababa de decirnos esto cuando oímos unos rasguños fuertes en la tela de alambre de la ventana en el cuarto de dormir.

—¡Uuuuu! ¡Uuuuu!—no se oyó nada más.

Mi hermanito se tapó la cabeza y dijo,

—¿Oyites?

—¡Anda majadero!—le respondí—. No te hagas el miedoso. ¿Qué pueda ser?

Apenas me salió la última palabra cuando nos sobrevino un silencio. Luego se volvieron a oír otros rasguños. Me dio valor y di un vistazo hacia la ventana. Por cierto que vi un bulto. Algo se movía de un lado al otro. Le hablé en voz baja a Adán,

—¡Mira! Se ve algo en la ventana. Ahi hay algo.

—¡Ni que juera loco! Mira tú—dijo en voz baja para que no lo oyera papá.

—No. Tú mira. ¡Anda! Asómate por la ventana si no me creyes. Tú, que tanto te las creyes.

Alzó la almohada y por un rinconcito se asomó. No oyó rasguños pero sí vio que se movía algo. De buenas a primeras se quitó las cobijas, porque el calor no se aguantaba. Se puso a reír. Allí estaba otra vez como títere. Brinco y brinco. Tiembla que tiembla. No dejó de reírse.

—Yo sé lo que es—dijo Adán—. Te apuesto que es el burro de mi tío Samuel. Se salió del corral y le gusta asomarse por las ventanas cuando ve luz.

—Sí, ¿pero qué luz hay aquí? ¡Dime! La luz está en la cocina . . . ¿Y qué burro? ¡Aja, ja, ja! Tú eres el burro. Lo único que te faltan son las orejas largas.

—¡Cállesen ya!—dijo mamá, pero esta vez en tono mucho más serio—.

De pronto oí la puerta de alambre de la cocina, pero me hice como que no oía. Adán calladito, como que no había oído nada. No tardaron mucho en volver a refrenar los rasguños. Adán se volvió a quedar quietecito, mientras yo me escabullí por la cocina sin que me viera mamá. Doblé la primera esquina en la oscuridad. Luego me detuve en la segunda. Me asomé cuidadosamente. Volví a oír los rasguños, los arañazos en el alambre del marco de la ventana. Muy despacito fui viendo un poquito mejor gracias a luz de la lámpara de aceite en la cocina.

Me dio una risa. No sabía qué hacer. ¡El coco era papá! Estaba con una escoba para arañar calladitamente el alambre como un abanico, de un lado al otro. De la izquierda a la derecha, con la misma delicadeza. *"¿Qué diría Adán si supiera? ¿Qué diría si se lo dijiera?"* No sé cuántas cosas se me metieron en la cabeza. No sé cuántas cosas me vinieron en aquel momento. *"¿Qué si güelvo a la cama y me pesca amá? ¿Qué le voy a dijir si me pregunta dónde andaba? ¿En el escusao? No. Para eso estaba el bacín."* Todo esto me zumbó como una bala . . . en un decir amén.

Cuando tocó papá el alambre con la escoba una vez más, doblé la segunda esquina por completo y me fui escabullendo con cuidadito. De puntillas. Cuando ya me vi directamente detrás de papá, sin que él se fijara, me acerqué bien, bien. Con el siguiente arañazo que estaba por dar, se agachó y dobló las rodillas hacia la ventana e hizo otra vez su ruido.

—¡Uuuu, uu, uuuu!—quiso hacer como un tecolote. Volvió a arañar.

En aquel dado instante alcé los dedos matachinches como para hacerle cosquillas y por debajo, ¡pícole las nalgas! Nomás en cuanto le clavé los dedos y pegó tanto un respingo como un grito y zas le dio al marco de la ventana con la frente. Salí corriendo en la media luz, entré y a la cama. Mamá se hizo como que no me había visto.

Al ratito entró papá. Mamá sospechaba algo, gracias al grito que había pegado al picarle yo las nalgas.

—¿Qué te pasa? ¿Cómo te levantates ese camacho? Y ese chichón que tienes, ¿de dónde vino?—le preguntó mamá, haciéndose la tonta.

Vi por un hueco en el tabique que apenas aguantaba ella la risa. Papá se sentó y se puso un trapo mojado en la frente a ver si se le bajaba lo hinchado. No dijo nada . . . y jamás volvió a espantarnos con el coco, pero por lo menos su travesura sacó a relucir una parte juguetona de su naturaleza.

The Naked Rainbow

From time to time Arab peddlers would visit the Río Puerco Valley. Arabs, that's what people called them. For years they had been hawking their knickknacks among the poor, impoverished inhabitants of the Valley. Word has it that while some vendors were only slightly devious, others were more crooked than a whipsnake. They tried to deceive the poor villagers by selling them bric-a-brac here and there. You had to be on your toes or they would rob you blindly. They didn't cheat the men so much as they did the women and their daughters or granddaughters since the majority of buyers for household wares were women.

The Arab vendors invariably made their rounds during the summer months because that was the season when the Río Puerco inhabitants had a little money after selling some of their summer crops to merchants from Albuquerque, who showed up in those remote places trying to haggle over a good price. With the money the Valley dwellers earned they struck deals with the Arabs.

Summertime was also when people celebrated a series of holidays in the Río Puerco Valley. The Arabs were already in tune to the most popular festival days, and they knew on which date each one fell. Among them was Saint John's Day, June 24, which was without a doubt the most popular holiday in the Valley; and Saint Anne's Day, celebrated on July 26 in honor of women. Concomitant activities were carried out during both days, culminating in a shindig at night in the local dance hall or school.

One year preceding Saint Anne's Day an Arab male, small in stature, appeared during the morning in the small village of Ojo del Padre. No one had ever seen him around those parts. His name, according to him, was Abdul Habib. He told everyone that he hailed from Márquez, near Cubero and Grants, and that he had relatives in both places. He was riding a white donkey with touches of yellow—it looked like an antelope—with a wooden saddle (called a donkey saddle) used on a pack-burro for carrying all of the knickknacks he had for sale. He rode on the donkey's rump, behind the saddle, as if to watch over his merchandise. The merchandise was kept covered with a loud red blanket that matched his shirt.

The donkey's hoofsteps, carried through the early morning fresh air of the desert, could be heard like hollow sounds in a cavern due to the hard and well-pressed dirt of the road caused by the stamping of the animals.

Some children who were playing in front of their homes glanced at the Arab with a bit of curiosity as he made his way down the street; others took off running to inform their mothers or grandmothers of the stranger's arrival. The women in turn peeked out their windows discreetly. It wasn't long before they heard the street vendor. His tantalizing and poetic chant rang out and echoed from one adobe house to another. It sounded like an overinflated bouncing ball. The Arab attracted attention both because of his appearance as well as his chant.

> Come, come,
> don't wait for
> some other
> voice to come
> and entertain you.

He sang and repeated his words in a melod_ous voice as he penetrated the village of Ojo del Padre. The little old men basking in the sun glanced at him as he went by on his donkey while some women now stepped out into the street to see who was chanting. They wished to see who the man was, riding on the donkey's rump. Tiny colored glass beads encrusted on the donkey's bridle sparkled in the radiant sun. Small bells hanging from the bridle sounded a ting-a-ling with each given step that the donkey took. Such a picturesque animal had never before been seen in Ojo del Padre.

"Come, come, don't wait for some other voice to come and entertain you," sang the Arab as he moved along.

Little by little a stream of children gathered along with a few women. They walked right behind him until he stopped and dismounted his donkey near the church, where a number of trees offered their cool shade. After tying the donkey to a tree branch, he revealed the merchandise he was carrying underneath his red blanket. He spread the blanket on the ground and proceeded to exhibit with great care all of his baubles piece by piece. The women looked in awe and admired all of the objects.

Among his trinkets could be found a bunch of tiny handmade articles. Some were made of ceramic, others of glass. One thing that stood out amongst the toad and frog figurines was a ceramic crèche with the Virgin Mary, the Baby Jesus, the shepherds, and their animals. In addition, the vendor also had in his inventory tropical birds made of wood, painted in bright colors, as well as small rag dolls stuffed with cotton and black, blue, or green glass buttons for eyes.

The children were fascinated more than anything else with the birds and their colorful plumage, but what struck the women's and young girls' fancy was a string of miniature bottles that the Arab proudly displayed. According to him, it was the best perfume in the world. Each one of the six bottles contained a unique aroma and was a different color: red, yellow, blue, green, orange, and purple. The small bottles were all lined up in front of the exhibit.

The Arab opened the bottles one by one so that the women could smell the fragrance in each. Of all the vendors who had shown up in the Río Puerco Valley, the Arab was the first one to sell such exquisite perfumes. For the women, it was a novelty; they were overjoyed. The young girls were also ecstatic.

After the women sniffed the small bottles of perfume, they were quite confused. They couldn't decide which of the perfumes they liked best or why. The Arab then proposed that each one of them could buy a small bottle, and in that way they could share with each other, especially during holidays or on special occasions.

Besides the six fragrances, the Arab had a small pink jar that contained an exotic perfume. He sold it cheap—for four bits—to a woman after convincing her that it would be perfect for her two granddaughters, one seventeen and the younger one sixteen.

To pay, the women took out small tobacco sacks from their apron pockets where they kept them pinned with safety pins. That's where they safeguarded the little money they and their husbands, who were working in the cornfields, had earned from their summer crops. After striking a bargain with the Arab, they headed home, happy as larks with their purchases and ready to try out their perfume the next day during the Saint Anne's Day celebration.

Following the day's activities, commemorating women, a

dance was held in the village. Everybody was wearing their best clothes—they were all decked out—and the women tried out their perfume. Some liked the smell of their perfume better than others, but whether they liked it or not, it was too late. They couldn't return the perfume or exchange it because the Arab was long gone to another village.

The lady who had bought the small jar with the pink perfume for her granddaughters applied touches of perfume to their necks before the dance. The next day, that is, following Saint Anne's Day, the two of them woke up with swollen necks and wide, red blotches down to their chests that looked like sunburns. The blotches took days to fade away.

The grandmother tried to wash off the pink color with homemade soap, but the task was daunting. It was imbedded in the skin and for that reason took several days to disappear. It was stuck like glue. Not even pitch turpentine was as difficult to remove when it stuck to your fingers.

The other women suffered similar experiences with the perfume they bought. As they found out what happened to each other, they became angrier and angrier at the Arab for having sold them perfumes detrimental to their skin. Some even vowed vengeance should he ever show his face around their village again.

A few days after visiting other communities to the north, the Arab stopped briefly in Ojo del Padre on his way back home to Márquez. Immediately the women learned of his presence, thanks to the children who gave notice of the stranger's arrival as if it were a cause for celebration. The women found him watering his donkey in the village trough. It was there that they corralled him, pulled him down from his donkey, made him undress, and held him down faceup on the scorching ground. The only thing left on him was his shoes and a gold-colored filigree earring that he was now wearing on his left earlobe.

He kicked, ranted, and raved as he protested against such humiliating treatment. Some women held him down by his arms, others by his feet. They laughed not only because he was at a loss as to how to disguise his private parts, but also because he had a penis the size of a radish and was missing a testicle to boot. As he tried to free his hands to cover his small object, one of the women was tickling him, making fun of his little shriveled-up organ.

Then each one of them opened her bottle of perfume. They sprinkled arcs on his body, from left to right, everywhere except on his face; they wanted people to see what the scoundrel's face who sold harmful perfumes looked like. Once they finished their artistic endeavor, they let go of him, but he wouldn't move. Stretched out on the dirt with the sun beaming right on him, the poor wretch looked like a naked rainbow. The children just covered their mouths with their hands and snickered.

The vendor couldn't even cover himself with the blanket used for his wares because the women had taken it away from him. The wares, what little he had left, were also wrested from him, along with his donkey and the saddle.

He finally stood up. There he was, naked as a jaybird, in the middle of the road, protected only by the colors of his perfumes, a victim of his own trickery and lies. One of the women, the oldest in the group, grabbed him by the hand like a lost child and led him for quite a long stretch. Her companions followed right behind, chuckling because his entire posterior was exposed to the open air. The children hurried right along, looking at his hairy back. They had never seen such a spectacle.

Once they all reached the exit to the village, the leader of the group paused and gave the peddler his marching orders, so to speak. He would now have to head back to his village of Márquez on foot, and then if he wished, he could return within a week or less for his donkey and the rest of his possessions. The women were interested in knowing if, upon returning, he would be suffering from sores on his skin similar to those they and the granddaughters endured.

As the women bid him farewell, they were ready to sing to him his new peddler's chant—which they had composed—while one of them lurched forward and pinched his bare buttocks. He dashed off, then slowed down to a fast pace. Everyone was laughing as they observed his tiny dingdong dangling from one side to the other like a clapper on a small bell as he sang the words to his new chant:

> I roam this way
> because a saint
> I ain't.
> I walk about nude,
> but few women
> I dare denude.

On his trip back to Márquez, which was quite a distance from Ojo del Padre, he came across several persons on the road. Some were on wagons, others on horseback or on foot. Everyone looked in amazement at the little shrimp. At first sight they thought he was wearing a strange and curious outfit, but the women in particular, once they saw his pecker swinging and swaying as well as his bare back and his naked butt, they sort of covered their faces with their hands while stealing peeks.

The clownish men who saw him along the way burst out laughing because they noticed he wasn't wearing any clothing. They suspected that the fellow had committed some kind of an indiscretion and his public nudity served as his sentence and punishment.

"He went after wool but got shorn instead," shouted one of the men.

"Perhaps he was also neutered for being wicked," hollered another little old man, noticing that he only possessed one testicle, which was larger than his tiny penis.

Within a week, thanks to the gossip that traveled rapidly from village to village, the women from Ojo del Padre found out that Abdul Habib was not an Arab but a gypsy, a *turco*, as they were called long ago in northern New Mexico. Gypsies had the reputation of being more cunning than a Lazarus and more astute than a blind man.

The fact that the gypsy had dared to travel alone on a donkey peddling his knickknacks deceiving people, especially the women, went against the gypsy's nature because at the very least they customarily traveled in twos. In that way, while one did the talking, the other one robbed the unsuspecting.

Nowadays humorous stories abound throughout the Río Puerco Valley concerning the gypsy's ill-fated venture with the women from Ojo del Padre. It is said that he never again tricked women with his chicanery. Others maintain, in particular the mail carrier who functioned as the bearer of good and bad news from one village to another, that the Naked Rainbow, as he was subsequently known, never returned for his donkey and bagatelle. The humiliation and jeering he suffered at the hands of the women from the small village was evidently too much for him to bear.

EL ARCO IRIS DESNUDO

A menudo visitaban vendedores árabes el Valle del Río Puerco. Árabes, así los llamaba la gente. Llevaban años pregonando sus cachivaches entre los pobres habitantes pobres de los pueblitos del valle. Se decía que algunos vendedores eran un poco chuecos, otros más rechuecos que una chirrionera. Trataban de engañar a los pobres aldeanos vendiéndoles uno que otro trebejo. Había que ponerse águila con ellos o le robaban a uno a ciegas, no tanto a los varones sino a las mujeres y a sus hijas o a las nietas ya que la mayoría de compradores de artículos eran mujeres.

Los árabes siempre hacían sus recorridos durante el verano porque era la temporada en que los habitantes del Río Puerco tenían algunos centavitos después de vender algunas cosechas a marchantes de Alburquerque que se presentaban por esos contornos para regatear sus buenos precios. Con el dinero que la gente sacaba, negociaba sus tratos con los árabes.

El verano también era cuando se celebraba una serie de días festivos en los pueblitos del Valle del Río Puerco. Ya los árabes estaban al tanto de los días festivales más populares y sabían en qué fecha caía cada uno. Entre ellos contaba el Día de San Juan (24 de junio), sin duda el día más popular del valle, y el Día de Santa Ana, el cual se festejaba el 26 de julio en honor de la mujer. Un conjunto de actividades se llevaba a cabo durante ambos días, culminando en un bolote por la noche en la sala de baile o en la escuela de la comunidad.

Un año para las vísperas del Día de Santa Ana se presentó por la mañana un árabe chaparrito en el pueblito de Ojo del Padre.

Jamás se había visto por esas tierras. Llevaba por nombre, según
él, Abdul Habib. Les decía a todos que venía de Márquez, cerca de
Cubero y Grantes, y que tenía parentela en estos sitios. Andaba en
un burro blanco con toques de amarillo—parecía un berrendo—
con una silla burrera donde cargaba todos los cachivaches que vendía. Él se colocaba en las ancas del burro, detrás de la silla, como
para vigilar su mercancía la cual llevaba tapada con una manta roja
que chillaba. Hacía juego con su camisa.

Los pasos del burro que perduraban hasta mediados de la
mañana en el desierto se podían oír con el fresco del amanecer
como sonidos huecos en una caverna debido a que la tierra estaba
bien aplanada y endurecida del pisoteo de los animales.

Algunos niños que andaban jugando delante de sus casas
miraban con cierta curiosidad al árabe según caminaba por la
calle; otros partían corriendo a avisarles a sus mamás o abuelas
de la llegada del extranjero. Ellas espiaban cautelosamente por las
ventanas. No tardaron en oír al pregonero; su canto tentador y
poético pegaba y saltaba de una casa de adobe a otra. Retumbaba
como una pelota que estaban inflada demás. El árabe llamaba la
atención, tanto por su apariencia como por su canto.

Vengan, vengan,
no se atengan
a que otra voz venga
y los entretenga.

Cantaba y repetía sus palabras en una voz meliflua al penetrar
la placita de Ojo del Padre. Los viejitos en la resolana lo miraban
de paso al pasar en su burro mientras algunas mujeres ahora salían
a la calle a ver quién cantaba, a ver quién era aquel hombre trepado

en las ancas de un burro. El freno incrustados de piedritas de vidrio en distintos colores brillaban con el sol relumbrante. Unas campanitas que colgaban del freno causaban un tintín con cada paso que daba el burro. Jamás se había visto animal tan pintoresco en Ojo del Padre.

—*Vengan, vengan, no se atengan a que otra voz venga y los entretenga*—cantaba él árabe según iba andando.

Poco a poco se fue formando un chorro de niños y unas cuantas mujeres. Allí iban detrás de él hasta que paró y desmontó su burro cerca de la iglesia donde había unos árboles que brindaban su fresca sombra. Después de amarrar el burro de una rama, descobijó la carga de mercancía que llevaba ocultada debajo de aquella manta colorada. La extendió sobre la tierra y procedió a exhibir con esmero, pieza por pieza, toda su baratija. Las mujeres no hacían más que mirar y admirar todos aquellos articulillos.

Entre toda su fruslería se encontraba un montón de objetos pequeñitos hechos a mano. Unos eran de cerámica, otros de cristal. Algo que se destacaba entre los sapos y las ranas era un Nacimiento de cerámica con la Virgen María, el Niño Jesús, los pastores y sus animales. El vendedor también vendía pájaros tropicales de madera pintados en colores brillantes y muñequitas de garra rellenadas de algodón con los ojos negros, azules o verdes de botones de vidrio.

A los niños les fascinaban más que nada los pájaros con su plumaje fulgurante, pero a las mujeres y a las chicas lo que más les encantaba era un chorro de botellitas que el árabe exhibía orgullosamente. Se jactaba que era el mejor perfume del mundo. Cada una de las seis botellitas reclamaba un aroma único y su propio color: colorado, amarillo, azul, verde, anaranjado y morado. Las botellitas estaban todas alineadas al frente de la mercancía.

Abría el árabe botellita por botellita para que las mujeres fueran apreciando la fragancia de cada una. De todos los vendedores que habían caído por el Valle del Río Puerco, el árabe era el primero que vendía perfumes tan exquisitos. Para las mujeres era una novedad; las alucinaba. Las muchachas también estaban en otro mundo del regocijo.

Tras terminar de oler las mujeres las botellitas de perfume, quedaron bien confusas. No sabían cuál de los perfumes les agradaba más ni por qué. Entonces el árabe les propuso que comprara cada una de ellas una botellita; así podrían compartir el perfume entre ellas, particularmente durante los días de fiesta o en ocasiones especiales.

Además de los seis aromas, el árabe tenía un frasquito color de rosa que contenía un perfume exótico. Se lo vendió barato—por cuatro reales—a una señora después de convencerla que sería perfecto para sus dos nietas, una de diez y siete años y la menorcita de diez y seis.

Para pagar las mujeres sacaban sus saquitos de tabaco de la bolsa del delantal donde los tenían amarrados con un broche. En ellos guardaban el poco dinero que habían ganado ellas y sus maridos (éstos estaban en las milpas trabajando) de las cosechas. Una vez hechos sus tratos con el árabe, se fueron a casa contentísimas con sus compras, listas para estrenar su perfume al día siguiente que es cuando se festejaba el Día de Santa Ana.

Tras las actividades del día conmemorando a la mujer, hubo baile en la placita. Todo el mundo llevaba su mejor ropa—iban bien plantaditos—y las mujeres estrenaron los perfumes. A algunas les gustaba el aroma de su perfume más que a otras, pero les gustara o no, ya era muy tarde. No lo podían devolver o cambiarlo por algo diferente porque el árabe ya se encontraba en otro pueblito.

La señora que había comprado el frasquito con el perfume color de rosa para sus nietas les puso toques del perfume en el cuello antes del baile. Al día siguiente, o sea después del Día de Santa Ana, amanecieron las dos con el cuello hinchado y unas ronchas anchas que les llegaban al pecho que parecían quemaduras de sol. Tardaron días en borrarse.

La abuela trataba de lavarles el color de rosa con jabón de casa pero le costó mucho trabajo. Estaba impregnado en la piel, y por eso tardó varios días en quitárseles. Se les había pegado como pegamento. Ni la trementina misma del ocote costaba tanto trabajo en remudar cuando se le pegaba a uno en los dedos de la mano.

Cosa parecida les aconteció a otras mujeres con el perfume que habían comprado ellas. Según se iban enterando de lo sucedido, más rabia les daba con el árabe por haberles vendido perfumes peligrosos para la piel. Algunas hasta prometieron vengarse de él en caso de que volviera a presentarse por allí.

A los pocos días de visitar otros pueblitos en el norte, paró brevemente el árabe en Ojo del Padre camino a Márquez, su pueblito. En seguida supieron las mujeres de su presencia, gracias a la plebecita que avisaba la llegada del forastero como si fuera una ocasión célebre. Las mujeres lo hallaron dándole agua a su burro en una artesa en la placita. Allí lo acorralaron, lo bajaron del burro, e hicieron que se quitara toda la ropa, y lo detuvieron boca arriba en la tierra que ardía gracias al calor bochornoso de julio. Solamente le dejaron puestos los zapatos y la arracada florida color de oro que ahora llevaba en el lóbulo de la oreja izquierda.

Él daba patadas, echaba sapos y culebras y protestaba contra aquel tratamiento indigno. Unas mujeres lo detenían de los brazos; otras de los pies. Ellas se reían no sólo porque no hallaba cómo taparse las partes privadas, sino que tenía una chulita que parecía un rabanito. Como si tal desaire no bastara, hasta le faltaba un huevo. Mientras trataba de soltarse las manos para cubrir su mondoncito, una de las mujeres le hacía cosquillas burlándose de la taleguita achucharrada que tenía.

Entonces cada una destapó su botellita de perfume. Le pintaron arcos en el cuerpo, desde la izquierda a la derecha, menos en la cara, porque querían que la gente viera quién era aquel hombre sinvergüenza que vendía perfumes dañinos. Al acabar ellas su faena artística, lo soltaron, pero no se movía. El pobre desgraciado, estirado en la tierra con el sol pegándole de relleno, parecía un arco iris desnudo. Los niños se tapaban la boca con una mano, disimulando su risita.

El vendedor ni siquiera podía taparse el cuerpo con la manta que antes cubría su mercancía porque las mujeres se la habían quitado. La carga, lo poco que le quedaba, también se la quitaron junto con el burro y la silla burrera.

Por fin se puso de pie. Allí estaba parado en cueros en medio del camino, protegido sólo por los colores de sus perfumes, víctima de sus engaños y falsedades. Una de las mujeres, la anciana del grupo, lo cogió de la mano como un niño perdido y lo llevó andando por un buen trecho. Las otras compañeras iban detrás de él, riéndose porque llevaba toda la parte trasera al aire libre. Los niños corrían a un ladito viéndole aquel espinazo peludo. Jamás habían visto tal espectáculo.

Una vez que llegaron todos a las orillas del pueblito, se detuvo la líder del grupo y dio sus órdenes al pregonero. Tendría que retornar a su pueblo de Márquez a pie y luego si gustaba, que volviera dentro de una semana por su burro y el resto de sus cosas. A las mujeres les interesaba saber si al regresar padecía él de llagas en la piel igual que ellas y sus nietas.

Al despedirlo, estaban listas para echarle su nuevo canto de pregonero—el cual ellas habían compuesto—mientras una de ellas se inclincó hacia adelante y le pellizcó una nalga y partió él corriendo. Luego se detuvo a un paso apresurado. Todas se reían según iba cantando su canto al verle la pequeña talega que se le movía de un lado a otro como el badajo de una campanilla. He aquí lo que ahora tenía que cantar el nuevo pregonero:

> Asina voy
> porque santo
> no soy.
> Ando en peloto,
> aunque a pocas
> mujeres alboroto.

En su viaje a Márquez, el cual quedaba a una buena distancia de Ojo del Padre, se topó con varias personas en el camino. Algunas iban en carros de caballo, otras a caballo o a pie. Todas ellas se quedaban viendo con ojos de asombro a aquel renacuajo. A primera vista creían que era un traje raro y curioso el que vestía, pero las mujeres, una vez que le veían la talega colgando al aire libre, como también las costas encueradas y todo el nalgatorio, hacían como que se tapaban la cara con una mano.

Los hombres majaderos que lo veían soltaban la risa, porque reconocían que no llevaba ropa puesta. Sospechaban que aquel tío había cometido alguna imprudencia y que la desnudez en público era su sentencia y penitencia.

—Jue por lana y ora güelve tresquilao—gritó uno de los viejos.

—Lo habrán capao por malvao—gritó otro viejito, dándose cuenta que sólo tenía un huevo, el cual era más grande que su pequeño pajarito.

Dentro de una semana, gracias al mitote que saltaba rápido de pueblito en pueblito, se enteraron las mujeres de Ojo del Padre que Abdul Habib no era árabe sino gitano, un turco, como les llamaban antes en el norte de Nuevo México. Los gitanos que recorrían esas partes tenían fama de ser más pícaros que un lázaro y más astutos que un ciego.

El hecho de que el gitano se hubiera atrevido a viajar solo en su burro pregonando sus cachivaches, engañando a la gente, especialmente a las mujeres, chocaba contra la naturaleza de los gitanos porque por lo menos solían viajar en pares. Así mientras uno hablaba el otro robaba al que se descuidaba.

Hoy día abundan por todas partes del Valle del Río Puerco cuentos chistosos acerca del turco que le fue mal con las mujeres en Ojo del Padre. Se cuenta que jamás volvió a engatusar a mujeres con sus picardías y gitanerías. Otros acreditan, en particular el cartero que funcionaba de noticiero de buenas y malas noticias de un pueblo a otro, que el Arco Iris Desnudo, como llegó a conocerse debido al mal trato y a la burla que sufrió en manos de las mujeres del pueblito de Ojo del Padre, jamás regresó por su burro y su bagatela.

Don José María

(In a small village called El Alto, there lived
a certain don José María. He, like a rooster
without a crest, failed to see the dark side
of his own self-praise.)

"Who says that I'm a José María?"

Stingy. Tightfisted. Miser. Hoggish. Greedy. Thieving. Tight
ass. Tightwad. Selfish. Penny pincher. Gimme, gimme. Come,
come. Cheapskate.

"Who doesn't remember the old sheepherder's jacket with no
lining that I gave to the shepherd so he wouldn't freeze his butt?"

Corrupt shysters. Fuckheads. Sons-of-whores. Parasites.
Urine-splattered boots. Dirt-poor weasels. Bullies. Up yours. Ass-
kissers. Slimy rats. Pimps.

"Who can't remember the time I loaned my water bucket to
Cirilio Jaramillo when his house burnt down?"

Drooling idiots. Filthy mouths. Filthy grimes. Bunch of scabs.
Mangy jerks. Snotty-nosed rats.

"Don't you remember the piece of hard bread I gave to the
beggar so he wouldn't starve to death?"

Foot draggers. Hypocrites. Sunstroke numbskulls. Stinking
dogs. Jackasses.

"And don't you remember that I also gave him water so he
wouldn't choke?"

Thirsty suckers. Dried mouths. Bone-dry boneheads. Ladle-
like faces.

"Don't you remember that I was the one who doled out candies, deep-fat fried turnovers, and fruit pies during Christmas when young kids came around asking for candy, cookies, and the like on Epiphany?"

Ungrateful lunkheads. Unappreciative fools. Bloodsuckers. Egotists. Shitheads. Swine.

"Have you already forgotten that I'm the one who has worked all of his life, not like many of you who wait for a handout?"

Shiftless nincompoops. Loafers. Lazy dolts. Lead-footed dunces. Good-for-nothings. Ass-warmers. Scratch-me-here (i.e., too lazy to move a hand).

"Don't you know that I always give alms to the Roman Catholic Church when I go to Mass?"

Two bits. Four bits. Six bits. At times I even donate a dollar. I do it with a jingle in the father's collection plate. The priest's plate. The confessor's plate. The shepherd's plate.

"And I bet you didn't know that I'm the one who donated the land for the cemetery where the whole slew of evil tongues will be buried?"

The hell with each one of you! I crap all over the skinniest as well as those of you with big bellies! Sons of violated women! Sons of harlots! Fuck all of you!

"Don't you know I'm the father of charity and gratuity in all of El Alto?"

Idiots. Insipid bores. Morons. Fools. Nitwits. Imbeciles. Fatheads. Dimwits. Blockheads.

"Who are the gossipmongers?"

Evil tongues. Blabbers. Liars. Fabricators. Scandalmongers. Chatterboxes. Busybodies. Bunglers. Fibbers. Tattletales.

"Who are those who say I despise the poor?"

Bastards. Assholes. Pimps. Opportunists. Shameless scoundrels. Ill-intentioned rats. Shitheads. Long-legged creeps. Penniless rats. Mean-spirited asses. Know-it-alls. Sons-of-bitches. Fuck you, Jack.

"Do you still think I'm a José María?"

You'll get yours!

Don José María

(En un pueblito que se llamaba El Alto,
vivía un tal don José María. Él, como un gallo sin cresta,
no veía la oscuridad de su propia adulación).

—¿Quién dice que soy un José María?

Un tacaño. Cicatero. Pijotero. Cuzco. Goloso. Ratero. Fundillo apretao. Taite. Brazos largos. Puji-Puje. Dame-dame. Ven-ven. Too pacá y naa pallá.

—¿Quiénes no se acuerdan de la leva borreguera sin forro que le di al borreguero pa que no se helara el fundillo?

Sinvergüenzas. Jodidos. Hijos de puta. Atenidos. Botas meadas. Pelaos. Chulos. Chíngala tuya. Lambiscones. Ratas mojadas. Cabrones.

—¿Quiénes no se acuerdan que yo le presté la cubeta de agua a Cirilio Jaramillo cuando se le quemó la casa?

Babosos. Esquerosos. Casposos. Costrudos. Roñosos. Mocos tendidos.

—¿Qué no se acuerdan del pan duro que le di al méndigo pa que no se muriera de hambre?

Ataimaos. Hipócritas. Asoleaos. Puñeteros. Soroches.

—¿Y qué no se acuerdan que tamién le di hasta agua pa que no se 'hogara?

Sedientos. Bocas secas. Destragaos. Caras de jumates.

—¿Qué no se acuerdan que yo era el que repartía dulces, empanaditas y pastelitos pa la Navidad cuando venía la plebe a pedir aguinaldos?

Ingratos. Malagradecidos. Chupasangres. Egoístas. Comemierdas. Canallas.

—¿Qué ya se les olvidó tamién que yo soy el que ha trabajao toa su vida y no como munchos de ustedes mantenidos?

Huevones. Flojos. Perezosos. Aplomaos. Aplas⁻aos. Arrastraos. Calienta-nalgas. Ráscame aquí.

—¿Qué no saben que yo siempre le doy limosna a la Iglesia Católica, Apostólica y Romana cuando voy a misa?

Dos reales. Cuatro reales. Seis reales. A veces hasta doy un peso. Todo con un tintín en el plato del padre. Del cura. Del confesor. Del pastor.

—¿Y a que no saben que yo jui el que regaló la tierra del camposanto a donde irá a parar toda la caterva de malas lenguas?

¡Al demonio cada uno de ustedes! ¡Me cago en el más flaco y el más panzudo! ¡Hijos de la chingada! ¡Hijos de su puta madre! ¡Qué se jodan todos!

—¿Qué no saben que yo soy el padre de la caridá y gratitú en todo El Alto?

Tontos. Zonzos. Mensos. Burros. Majes. Estúpidos. Tapaos. Pendejos. Cerraos de mollera.

—¿Quiénes son los lengones?

Malhablaos. Lenguas largas. Embusteros. Mentirosos. Chismosos. Mitoteros. Noveleros. Fuleros. Troleros. Chufunetes.

—¿Quiénes dicen que menosprecio al pobre?

Alcahuetes. Pinches. Putos. Aprovechaos. Descaraos. Malasleches. Rodaos. Patas largas. Ratas peladas. Malacachas. Sábenlotodo. Sanavabiches. Fok yu Jack.

—¿Y toavía piensan que soy un José María?

¡Ya se los haiga!

The Fatherless Grandson

Honor washed with ink becomes even more blurred.

Toribio Tenorio had been a hard worker from the time he was a young man. All of Santa Clara, a small rural community where he lived, knew it. He wasn't one to get up late, dragging his feet. He was an early riser. Whether he worked for someone else or for himself, before the dawn of day he was already up and about taking care of business. He didn't quit his chores until the sun began to set.

He was also an honest and well-respected man throughout his hamlet. The joy of having a good family, whom he loved with all his heart, was the most important thing in his life. He and his wife Tomasita had raised four children—three boys and a daughter named Petrita—who still lived with them.

Toribio Tenorio loved Petrita very much. For him she was the child of his affection. The apple of his eye. There was no better comfort in his life than his beloved daughter. As a father, he felt proud, but often he was overcome with a certain paranoid fear regarding her well-being, particularly when he went away to work as a cowboy.

Petrita had just reached sixteen years of age. She was not a tall girl, but of medium-size stature, and a bit slender. But what attracted attention more than anything else was her beauty. She had red hair, which she almost invariably wore in two plaits. At times she kept her hair in a braided ponytail tied with a green ribbon. She rarely wore her hair down. But her red hair as well as her blue eyes stood out. Even the freckles that peppered her white complexion accentuated her loveliness. Many people swore that she was the spitting image of her father Toribio, nicknamed the Red One because of his red curled-up moustache.

In Santa Clara and beyond there was not a single boy who didn't have eyes for Petrita. Her father didn't pass up an opportunity to observe the young boys' lustful looks any time he and his family went to Mass or whenever there was a festivity in the village.

On a warm autumn afternoon following lunch, Petrita and her mother had just finished resting when a cousin of Petrita, Emilio, and his mother came to see them. While the two mothers chatted and drank their Grandmother's Tea, Tomasita asked Petrita and Emilio to go fetch the eggs from the chicken coop adjacent to the horse shed.

As they entered, they saw that the billy goat had evidently jumped the fence behind the corral and was chasing the milk goat around the shed where she was locked up with the horses. Petrita and Emilio stood looking quietly at what they were doing and then looked at each other. He at her and she at him. He smiled. She returned the smile. They smiled at one another. He hugged her. She hugged him. He had his back to both the billy goat and the goat, but Petrita was able to see everything in action. Within a little spell it wasn't just two but all four—the billy goat and the goat in the horse shed, and Petrita and Emilio snugly on top of the straw in the manger.

Within three or four months Petrita noticed that her abdomen had begun to grow, but she was at a loss as to what to do before her mother suspected something. She would have to think of something. For the time being she wasn't so much worried about her mother as she was about her father, because he was due home soon from Doug Hawkins's ranch in the San Mateo

Mountains where he was a ranch hand. It was he whom she feared the most.

Sometime in January, after Toribio had spent the Christmas holidays at home, Petrita woke up one day anxious to let her maternal grandmother know of her situation instead of having her body reveal everything. That morning by coincidence her mother sent her on an errand to Mother Anita's house. Mother Anita is the way everyone addressed the grandmother in Santa Clara, not only the old folks but the young people as well. Everybody respected her, and there was no one who didn't trust her. She resided nearby, not very far from Petrita's parents.

"Come, step it up before it gets too late," said Tomasita to Petrita, "because I left word with Mother Anita that I'd send you early with the baking powder and lard."

"Yes, Mom. I'm coming. Let me put on a sweater and cover my head with your shawl because it's a bit cool."

"And don't take long, *hijita*. You have to come and help me pick up the house. Your dad will be here tomorrow evening from San Mateo."

This news left Petrita speechless, but she tried to control herself so that her mother didn't notice her behavior. She didn't expect her father home so soon after the Christmas holidays.

"Yes, Mom," responded Petrita, thinking even more of the way in which she would drop the pregnancy bombshell in Mother Anita's bosom.

She grabbed the lard and baking powder and put them in an empty twenty-five-pound flour sack. She tied a knot around the sack's opening and tossed it over her left shoulder.

"Okay, Mom. I'm off. I'll be back in a little while."

"Don't forget what I told you. We have lots to do."

Petrita took off on foot with her knapsack. On the way she switched it from one shoulder to another while contemplating what she was going to tell Mother Anita. Well, it wasn't so much what, but how. When she got there she still hadn't resolved her dilemma but was determined to tell her the awkward situation she was in come what may. She knocked on the screen door.

"Come in. It's open," echoed Mother Anita's voice from the kitchen.

"Good morning (may God grant you a good morning). How are you this morning?"

"Well, hijita. Come in. Sit down. The only thing is that I got up with a droopy eye and a sore throat. I slept with the window open last night, and I believe the draft got to me."

"Here's what Mom sent for you."

"Put it right there on that small table next to the cupboard. Do you want something to drink, hijita? I just finished making a little atole."

"No, thank you. I would like some water," she responded.

"There's some in that small burlap-covered barrel. The dipper is hanging on the side. If you don't want to drink from the dipper, get yourself a clean glass from the cupboard."

"Where's my aunt and uncle?" asked Petrita, prying.

"Your aunt Elvira went to the chapel to light some candles. She'll be back shortly. And your uncle Abenicio went after the mail in Cabezón. Today is Thursday, and it was his turn to go. He won't be back till early evening."

After Petrita poured herself some water, she sat down. Mother Anita didn't have a clock, but Petrita knew very well that the minutes were ticking away. *"Come. Get going, before your aunt gets back from the church. Shake a leg,"* she thought to herself.

She took a drink of water. Before setting the glass on the table, she offered her grandma some water.

"Would you like a drink of water, Mother Anita?"

"Yes, hijita. A little swallow, because the atole turned out a bit thick and heavy. My mouth feels sandy."

Finally Petrita built up enough courage. She couldn't afford to wait any longer. The moment had come for her to reveal her secret.

"Well, Mother Anita, I'm in a hurry," said Petrita nervously, something her grandma had never observed in her before. "My mom wants me to return promptly, but I have something to tell you."

The grandmother became uncharacteristically perplexed. She didn't like Petrita's tone of voice. She had never heard her speak that way. Despite her eighty-five years, Mother Anita sat up straight. The cushion she used on her chair to be more comfortable seemed to have awakened her. That wrinkled face of hers all of a sudden stretched like leather straps. Then she knitted her brow, her face becoming wrinkled once again.

"What great news do you bring me, hijita?" she asked with a twisted sort of a smile.

"Well, Dad will be home tomorrow from San Mateo, and I'm afraid that . . ."

"Afraid of what?" she interrupted, anxious to hear what it was she had in mind.

"Afraid that Dad's going to beat me to a pulp when he finds out that . . . that . . ."

"What . . . what, my dear?" she countered, more and more desperate.

"I'm pregnant!"

"Good heavens! God spare us from all evil!" she exclaimed,

making the sign of the cross. "How do you know that? Are you sure? You're not mistaken, are you?" she expressed as she spewed a string of questions, a tad beside herself.

Mother Anita as a rule exhibited stoic control in critical situations. She was a calm and sensible woman whom acquaintances, neighbors, and relatives went to for advice, but on this occasion she felt a tremendous jolt from the shock. Mother Anita knew this embarrassing situation would not bode well for Petrita. Toribio, in addition to his domineering personality, also had a bad temper and very strong feelings on matters that brought shame to his family.

"I'm not mistaken," Petrita responded, as she took one of Mother Anita's hands and placed it delicately on her abdomen so her grandmother could feel and see how it was growing.

"There's no doubt at all," emphasized Mother Anita who only recently had given up being a folk healer and midwife in Santa Clara and its environs because of her advanced age. "By the way, how do you feel?"

"Well, funny you should ask. For several mornings now I've been having morning sickness, but my mom hasn't noticed anything because I hide whenever I feel nausea coming on. I head for the pigpen or the chicken coop. Once in a while I also get dizzy as though I'm going to faint. I almost fell down this morning. And you should see the cramps I get!"

"Have you mentioned anything to Tomasita?"

"No. I didn't want Mom to start feeling bad, also. And not only that, I'm very scared. Dad's going to turn into a lion. Another thing, I wanted to let you know first to see what advice you could give me. The truth is, I really don't know what I'm going to do. I feel so lost. I feel so alone. I don't know which way to turn."

"Okay, hijita. Don't worry," she assured her with the kind of typical affection coming from a grandmother. "God is almighty and has His means for everything. The boy," she interjected all of a sudden, more out of curiosity than caring, "is he from around here in Santa Clara or where?"

"Why, yes. He's one of my cousins."

She meant to say one of her blood-related cousins, because the word *primo* was customarily used even when one wasn't related. But the words had already slipped out. At that given moment it dawned on her that as a little girl she had heard her mother say that carnal relations between cousins bore babies with a tail. *"How will mine be born?"* she asked herself. This started to concern her. It upset her very much, but the greatest fear was her father's reaction.

The grandmother, seeing that the poor child was beginning to shake and sob, interrupted her.

"You don't have to tell me if you don't want to, but at least tell me when all of this happened."

"It's been about three months," answered Petrita. Then she proceeded to tell her almost verbatim all that had happened the past autumn in the horses' shed with her cousin.

Mother Anita reflected on everything she had just heard. She bit her lower lip trying to hold back from spitting out a stream of words. Then she began scratching her head, first as if looking for the right words and then as if trying to dig them out. Without realizing it, her droopy eye changed in appearance in a menacing way.

"Very well, hijita. If you wish I can speak with your mother tomorrow. Right away! Something like this has never happened in the family."

"But my dad comes home tomorrow . . . and I'm very scared. That's why I would like to wait till after he returns to San Mateo before you tell her. He'll only be here for five or six days."

"Okay, hijita," said Mother Anita. "After he departs all three of us can get together with the priest who will be here next week. Between now and then ask God's help and pray to Nuestra Señora de la Luz (Our Lady of the Light) to give you strength and grant you good health with the child."

Petrita was on her way home, and as she passed in front of the church she ran into her aunt Elvira.

"Good morning, Petra. How are you?"

"Fine. I'm on my way back from taking some lard and baking powder to Mother Anita for some tidbits she wants to bake for Dad. He'll be home tomorrow from San Mateo."

"Tell your mom that I want to come see her when I have a little time."

"Okay. I'll let her know."

They each went their separate ways. Petrita was increasingly worried. Now she wondered why her aunt had referred to her as Petra instead of Petrita as she usually did. *"I wonder if she knows something?"* she asked herself. Right away she shrugged off any such notion. *"Stupidities. They're nothing but foolish things that get into one's head."*

Toribio arrived the next day. He was extremely happy to see his wife and especially Petrita. He gave each one of them a hug and smiled. He bounced up and down like a little boy. Only about three weeks had passed since he last saw them during the holidays, but at times he took up to six months to come home. It turned out to be a short visit; he was barely able to stay four days. Toribio was needed back at Doug Hawkins's ranch to carry out certain winter tasks.

The few days he spent were almost exclusively with his wife and Petrita. Of course, he took time to visit his compadres in the village. He also went to see Mother Anita. Such a visit was virtually a ritual. She had some bizcochitos and *empanaditas* and sweet rolls ready for him. Tomasita and Petrita had prepared homemade (shepherd's) bread, biscuits, jerky, dried pumpkins strips, round dried slices of melon, as well as other tidbits that he would take on his packhorse back to San Mateo. The ranch where he worked didn't serve homemade foods.

After his short visit home, Toribio prepared to leave. He promised to return in April when the small calves were born. By August, and toward the beginning of September, is when the cowboys finished earmarking, vaccinating, dehorning, and branding the remaining young bulls and heifers before selling them at the end of October or the beginning of November.

Within a week of Toribio's departure, the priest from Jémez went to celebrate Mass in Santa Clara, a trip he made once a month. Father Benvenutti always arrived on Saturday afternoon in order to rest the night before celebrating Mass on Sunday morning. That same afternoon Mother Anita took Petrita and Tomasita with her to seek advice from the priest before he went to eat supper at the mayordomo's house. Mother Anita knew the priest well, an Italian who, in spite of his butchered Spanish, didn't have any problems in communicating with the people. He was a very good and decent person who got along well with all of his parishioners.

They arrived at the church around four thirty, more or less the time Mother Anita and Petrita had agreed upon, but the door to the church was locked. They rounded the corner and went by way of the sacristy. That's where the priest heard confession on Sunday morning before Mass. They knocked on the door. Father Benvenutti answered the door. He was short and a bit heavyset, hovering around fifty-five years of age, with slightly stooped shoulders. He always had a smile on his face when he greeted his parishioners.

"Good afternoon, Mother Anita. Very glad to see you. How are you doing with your health?"

"Ah! You're talking about the fainting spells. Well, I get them from time to time. But that's the way it goes. I'm still kicking! What else can I do? One of these days I'm going to end up stretched like a piece of wire (i.e., dead) . . . like a stick. Stiff as a board."

"And what about you, Tomasita? How have you been? How's Toribio? I haven't seen him in a while," he asked.

"He's fine. He was here a few days ago. I've also been more or less fine, thanks be to God."

"And you, Petrita, how are you doing?" asked the good father.

Before she was able to say something, Mother Anita interrupted in a gentle sort of way.

"That's why we're here," she responded to Father Benvenutti. "Not everything is all right; something has gone wrong. Tomasita doesn't know anything about what Petrita and I wish to talk to you about, but we wanted her to hear it in your presence. That way you can advise us better."

Tomasita gave a sudden jerk and shivered. She turned pale like a china bowl full of yogurt. She almost let out a holler. She was startled without knowing why. She crossed her hands. It looked like she was beginning to pray. She didn't say a word.

Petrita wouldn't look at her. She had her face down, more from shame than out of respect. She was staring at the floor, her eyes soaked with tears that were beginning to trickle down each cheek and land on the dirt floor in the sacristy where little droplets of mud were beginning to form.

"I'm prepared to help you in whatever I can," said Father Benvenutti, mixing Italian with Spanish.

"A short while ago," said Mother Anita, "Petrita came to tell me that she was pregnant, that she's carrying a child . . . because she didn't know what to do. The poor thing came to me quite somber and concerned because she wasn't sure what Toribio would do to her. She's afraid he might give her a good whipping. She worried about Tomasita also, although she told me that her mother would probably be much more compassionate . . . they get along well. They're good with one another. I repeat: it's Toribio she thinks she's offended and betrayed more than anyone else. I was truly at a loss as to what to tell her. I'm not used to these kinds of setbacks in the family. When Petrita told me about this embarrassing difficulty, the heavens came tumbling on top of me. That's why I brought both of them with me. That's why we're here to talk to you, to see what advice you can give us, Father."

Tomasita burst into sobs and began talking out of control in a low voice while Mother Anita, Petrita, and the priest listened. "My dear daughter. What bitter pill you make me swallow. Why have you done this to me? To us? What are people going to say now? Your father is going to be infuriated. You know how quick-tempered he is. He's going to foam at the mouth when he finds out. I shudder to think what he'll say . . . what he'll do. I'm really scared. But what happened is over and done with. I'll do my best to comfort you. What else can I say?"

"You see!" proclaimed Father Benvenutti. "You have two friends who will protect you. Count me in as well. That makes three of us. What I now propose to you is to tell Toribio right away what has occurred. Explain everything, see how he reacts. In the meanwhile, I will petition the santos."

"Thank you very much, Father," said Mother Anita. "I'm very grateful to you. We shall carry out your advice."

The three of them left the church and returned to Mother Anita's house where Tomasita and Petrita spent a good while. Nothing was said as there was little left to say. They would repeat the scene with Father Benvenutti once again upon Toribio's return from San Mateo.

With the birth of a bunch of calves, Toribio found himself very busy so that he was unable to come home in April as he had promised. Toward the middle of July Toribio was informed that Mother Anita, Petrita's ally, had passed away. Also by chance—or bad luck—Petrita's baby was born the day before Toribio's arrival. It wasn't clear whether Mother Anita's death quickened the birth or not.

No sooner had Toribio arrived in Santa Clara than Tomasita gave him the bad news concerning Petrita. It was a terrible blow! Of course it came as a shock to him! He felt it down to his marrow. The walls caved in on him. His world darkened. His thinking became clouded. He remained silent. All he did was cry amidst sobs. He felt a shameful betrayal.

Since it was July and it was very hot, the family took fewer than twenty-four hours to bury Mother Anita. She lay in state, and a wake was held at night the day of her passing at the home of Abenicio and Elvira; she was buried the next morning when it was still cool. The entire community came to offer Abenicio and Elvira and the Tenorio family their condolences. People also attended the burial ceremony from nearby villages: Cabezón, Ojo del Padre, Casa Salazar, and San Luis. People from other little places where Mother Anita had gone in years past to care for people when she was a folk healer and midwife came as well. All of the family cried, some silently bathed in tears, others making wailing sounds.

But the sorrowful crying that aroused more alarm at the wake was Toribio's. Even his compadres who congregated outdoors around the bonfire during that cool desert night commented on Toribio's weird behavior. They were at a loss as to what to think. He moaned and let out mournful shrieks in a storage shed belonging to Abenicio. That's where Toribio had locked himself up since before the wake. He only came out to go to the outhouse. "I will never have a fatherless grandson," Toribio cried out senselessly while people who heard him wondered not only what he was saying but also why.

By the day of the burial many people thought he had gone crazy. Those who saw him with puffy eyes and rings under his eyes dangling like loose flesh were horrified. He was blue in the face from crying so much. His eyes looked like two concord grapes ready to burst at any given moment. It was scary to see him that way. He resembled some evil spirit.

Toribio did not take long in returning to the storage shed after interment, where he continued his grief. He had spent two nights without sleep, crying and crying, moaning and groaning. Ranting. His words began to echo. "Oooooh my dear God! What did I do to deserve all of this? Haven't I been a good father? What have I done for You to punish me this way? Petrita! Petrita, my dear! I loved you so much. It's all over now, my favorite child. Just look at the suffering you're whittling out of me! Listen to me! Pay close attention to me! Why...? Why...? Why...?"

It was Saturday. Abenicio and two of Toribio's compadres, Damacio and Cresencio, persuaded him to give up his retreat without knowing what was bothering him but were afraid to ask him.

Sunday came, but Petrita was nowhere in sight to bring her father coffee in bed as she customarily did when he was home.

There was no fire in the stove. There were no tortillas or biscuits to dunk. There was nothing.

Toribio got up early. He was used to that as a cowboy. Once again sleep had eluded him. Tomasita, exhausted from all the things that had happened during the past several days, was sleeping like a spinning top, unable to get a wink of sleep for several nights either. With the crackling coming from the firewood burning in the stove and the coffeepot percolating, Toribio woke her up.

"Dear, what are you doing up so early?" she asked affectionately. "Come. Come back to bed. I'll bring you your coffee."

"I wasn't able to sleep," said Toribio. "Sleep escaped me. Watch the coffee until it perks. I'm going to milk the cow. I feel like having coffee and milk. I'm tired of that canned milk."

"Okay," added Tomasita. "I'll keep an eye on it."

You could hear the kitchen screen door slam. Toribio headed for the last adobe room of four in a row where Petrita slept with her newborn child. She had gone to the outhouse a few moments earlier; she still hadn't returned. Toribio went in and saw for the first time the tiny object wrapped well in a blue blanket. He didn't see its face nor did he wish to see it. He didn't dare look at that blemish on his honor. Nevertheless, he picked up the child carefully so that it would not cry. In the empty ten-pound lard can he was carrying to milk the cow, he had put in a gunnysack. He took out the gunnysack and wrapped the infant child in it and headed for the corral. Behind the corral there was a space where the milk cow was kept, and to the side was the pigsty.

The hogs heard him and started grunting. They were hungry and knew that it was time to eat. Toribio grabbed a little bit of bran and sprinkled it in the water in the trough. Next to the pigsty near the horse shed was a trough where the hogs ate dry foodstuffs. It was there that he stealthily placed the child and left, not to milk the cow, but to saddle his horse. Suddenly he was overcome with silence both from within him as well as from without. He thought to himself, *"I will never have a fatherless grandson."*

It didn't take long for Petrita to return from the outhouse. Her mother heard the screen door not knowing who it was. She had fallen asleep.

"Petrita? Toribio? Who is it?"

"It's me, Mom," answered Petrita.

"Look and see if the coffee's already perked and take it off the stove so the coffee grounds can settle by the time your dad gets back. He went to milk the cow."

"Okay, Mom."

She removed the coffee from the stove and went to her room. She found the little bed empty. All she saw was a tiny hole in the bed. All panicked, she hollered at her mother.

"Mom, Mom! The baby, was he cranky? Was he crying or what?" exclaimed Petrita in a frenzy.

"No, hijita. Why?"

"Because he's not in bed. Is he in bed with you?"

"Don't tell me!" said Tomasita, half-scared to death, jumping swiftly out of bed. "Don't tell me Toribio took him! God help us! I hope the devil hasn't gotten into his head! Run, let's go!" she blurted out without thinking what she was saying.

Petrita dashed out the door, running barefoot in her nightgown. She was going like a bolt of lightning, flying down the hill. It didn't take her long to reach the corral, but there were no signs of her father.

"Dad! Dad!" she called desperately for him, but there was no answer.

As she gave out her last yell she heard noises in the pigsty, as if the hogs were fighting. They were grunting. She got close to see if her father was feeding them. No, nothing. But what she saw left her with her mouth wide open, frightened and aghast. She saw the hogs' snouts bloody, pulling here and there at the blue, frayed edges of a blanket. That's all. That's all that was left

She retreated to the hitching post in the middle of the corral. Dispirited, she dropped to her knees, resting on her calves, and hugged the tethering post. She then moved backward and knelt, sobbing as her small breasts heaved up and down from the shaking and pain inside her body. She crossed her hands. She remained there for a long while. It was hard to tell whether she was praying to God or not, whether she was asking Him for forgiveness or not, whether she was appealing to Him for her father's transgression. The simple truth was not known. It really didn't matter.

Petrita felt a slight pat on her right shoulder. Her mother had been observing her for a few minutes. The pain coming from a mother needed no explanation, nor did it call for a commentary. The mother's face and silence said it all.

"Come, hijita. Come with me. Let's go home. May God have your child in heaven. As for your father, may my dear God pass judgment as He deems fit for what he has done. He chose to blemish his hands, so may God forgive him, hijita, because a stain on top of a stain does nothing to blot out the original stain. Any reckoning and reconciliation are between him and God. Come, hijita," she implored once again. "Let's go home."

Mother and daughter embraced each other, comforting one another, then slowly started uphill, headed for home. They didn't have far to walk, but the slope, nevertheless, seemed endless until they set foot in that empty house of theirs.

The mother went straight to the room where she had her altar with the Heavenly Host to pray. She grabbed a box of kitchen matches from a small table next to the altar to light a candle to the Virgin of Guadalupe who stood out in the altar in the semidark room. She struck a match, brightening the room a little better than what it was.

"Holy Sacrament! What is this?" she screamed while sighing and having the match go out at the same time.

She lit another match. With the flame pointing down toward the dirt floor, she was able to discern two small shiny white balls. It looked like a pair of eyes rolled back. It was Toribio's eyes, his face full of blood.

"Good heavens! What have you done, Toribio?" she shouted.

He had shot himself in the right temple. Next to the inert body was a Colt .45 with white handles. It was the pistol that Toribio holstered in the case around his waist whenever he was out and about as a cowboy.

Amidst Tomasita's sobbing and moaning one could almost hear the droplets of blood from Toribio's mouth; they were dripping slowly to the floor like a roof that's about to stop leaking following a thunderstorm. His wife caressed his face and spoke to him, but he didn't respond. She made the sign of the cross and blessed him. Then she took off the shawl she was wearing and covered his face—a face she recognized but that didn't look like Toribio's.

In the doorway to the room where the altar was stood Petrita, grieving; she was at a loss for words. Perhaps there was nothing left to say. She appeared to swallow every word that was about to escape her mouth while the candle flickered rhythmically as if it were Petrita's helpless heartbeat. Even the Holy Child of Atocha,

Toribio's favorite santo, seemed to change countenance with the flickering light in the altar.

The next day, following Toribio's interment, the family returned home. In the grazing area not far from the corral one of the sons found his father's horse still saddled, the reins tied to the saddle horn. He unsaddled the horse and tossed the saddle over his back and took it to the horse shed where he hung it up. In one of the saddlebags the son found a note neatly folded written on a piece of brown paper sack that read as follows:

My beloved daughter,

With my heart on my sleeve and my soul in turmoil, I ask your forgiveness for all the suffering that I may have caused you. In a moment of rage, stupidity, and hope-lessness, I lost my senses and dishonored you and one of God's Ten Commandments. Now I beg my dear God to forgive me and safeguard your child in heaven with the rest of the little angels.

As for you, my beloved wife, I beg you to also absolve me of all wrongdoing. I tried to be a good husband and a respectable father, but in the end I failed because I was too proud. Honor blunted my senses.

I know that all judgment rests in my dear God's hands, but I want you to know because of the grief and agony that are choking me at the moment, along with the weight that I feel on these shoulders of mine, I cannot continue to live one more moment.

Good-bye, and may God watch over you.

Toribio

EL NIETO PENCO

Honra con tinta lavada, más manchada.

Toribio Tenorio desde jovencito había sido trabajador. Todo el pueblito campestre de Santa Clara lo sabía. Él no era de ésos que andaban a media tarde, con las medias caídas. Era madrugador. Trabajara para otro o de por sí, antes de que rayara el sol ya él andaba traficando en su negocio. No abandonaba sus quehaceres hasta que no se venía metiendo el sol.

También era hombre honesto y respetado por todo su pueblito. El gusto de tener una buena familia, a quien quería de todo corazón, era lo más importante en su vida. Él y su esposa, Tomasita, habían criado a cuatro hijos—tres varones y una hija, Petrita. Ella todavía vivía con ellos.

Toribio Tenorio quería mucho a Petrita. Ella para él era la niña de su querer. La niña de sus ojos. No había mejor consuelo en su vida que su querida hijita. Como padre se sentía orgulloso, pero a menudo le acogía un temor hasta paranoico por el bienestar de su hija, particularmente cuando él se iba de vaquero lejos de su casa.

Petrita acababa de cumplir diez y seis años de edad. No era una muchacha alta, sino más bien de estatura mediana, y un poco delgada, pero lo que llamaba la atención, ante todo, era su belleza. Tenía el pelo rojo, el cual casi siempre llevaba hecho en dos trenzas. A veces se lo tejía en un chongo y se lo amarraba con un listón verde. Era contada la vez que llevara el pelo suelto. Pero tanto el pelo rojo como sus ojos azules se destacaban en ella. Hasta las pecas que salpicaban su rostro blanco acrecentaban su hermosura.

Mucha gente acreditaba que había salido *íntica* a su papá Toribio, el Colorao, sobrenombre debido a su bigote colorado de horquillas.

En Santa Clara y más allá no había muchacho que no se fijara en Petrita. A su padre mismo no se le escapaban esas miradas tragaldabas de la plebe cuando iban él y su familia a misa o cuando había cualquier festejo en la placita.

Una tarde calentita de otoño acababan de descansar un rato Petrita y su mamá después de lonchar cuando llegaron un primo hermano de Petrita y la mamá a verlas. El primo se llamaba Emilio. Mientras platicaban las mamás y bebían su Té de la Abuela, les mandó doña Tomasita a Petrita y a Emilio que fueran por los huevos que habían puestos las gallinas en el gallinero que estaba a un lado de la caballeriza.

Al entrar vieron que el chivato quizás había brincado el trascorral donde lo tenían encerrado y andaba persiguiendo a la cabra de leche en la caballeriza donde estaba encerrada con las bestias. Se quedaron viendo quietecitos Petrita y Emilio lo que hacían y se miraron uno al otro. Él a ella y ella a él. Él se sonrió. Ella también se sonrió. Se sonrieron los dos. Él la abrazó. Ella lo abrazó a él. Él estaba de espalda al chivato y a la cabra, pero Petrita veía toda la acción. Dentro de un rato no eran dos sino los cuatro—el chivato y la cabra en la caballeriza, y ellos acostaditos en la paja del pesebre.

Dentro de tres o cuatro meses Petrita notó que le empezaba a crecer el vientre, pero no sabía exactamente qué hacer antes de que sospechara algo su mamá. Tendría que pensar en algo. Por el momento no se preocupaba tanto de su mamá sino de su padre, porque él estaba pendiente de llegar dentro de poco del rancho de Doug Hawkins en la Sierra de San Mateo donde estaba de vaquero. Era a él a quien más miedo le tenía ella.

Allá por enero, después de haber pasado Toribio los días navideños en casa, amaneció Petrita con las ganas de hacerle saber a su abuelita maternal su situación para no esperar a que su cuerpo lo dijera todo. Esa mañana tocó que la despachó su mamá de mandado a casa de su mamá Anita. Así trataba todo el mundo a la abuela en la placita de Santa Clara, tanto los viejos como los jóvenes. Todos la respetaban. No había nadie que no confiara en ella. Vivía cerca, no muy retirada, de los padres de Petrita.

—Anda pronto antes de que se haga más tarde—le dijo Tomasita a Petrita—, porque yo le dejé dicho a mamá Anita que te mandaría de mañana con la espauda y la manteca.

—Sí amá. Ya voy. Deja ponerme una suera y cubrirme la cabeza con tu tápalo porque está un poco fresco.

—Y no te tardes muncho, hijita. Tienes que venir ayudarme a levantar la casa. Tu apá llega mañana por la tarde de San Mateo.

Esta novedad dejó a Petrita lela, pero trató de controlarse para que su mamá no maliciara nada. Petrita no esperaba a su padre tan pronto después de los días navideños.

—Sí, amá—respondió Petrita, pensando aún más en la manera en que dejaría estallar aquel bombazo de su embarazo en el seno de su mamá Anita.

Cogió la manteca y la espauda y las echó en un saco vacío de veinte y cinco de harina. Le hizo un nudo a la boca del saco y se lo trepó sobre el hombro izquierdo.

—Güeno, amá. Me voy. Güelvo en un ratito.

—No se te olvide lo que te dije. Tenemos muncho que hacer.

Salió a pie Petrita con su mochila. En el camino se la remudaba de un hombro a otro, mientras que contemplaba lo que le iba a decir a su mamá Anita. Pues no era tanto el qué, sino el cómo.

Al llegar todavía no resolvía su dilema, pero estaba aferrada en contarle el aprieto en que se hallaba. Saliera como saliera. Tocó la puerta de alambre.

—Pasen. Está abierto—retumbó la voz de mamá Anita desde la cocina.

—Güenos días le dé Dios. ¿Cómo amaneció?

—Bien, hijita. Entra. Siéntate. Nomás que me levanté con un ojo gacho y con un dolor de garganta. Dormí con la ventana abierta anoche y creo que me dio aigre.

—Aquí tiene el mandao que le envió mi amá.

—Ponlo ahi arriba de la mesita esa al lao del trastero. ¿Quieres beber algo, hijita? Acabo de hacer un poquito de atole.

—No, gracias. Agua sí quiero—contestó ella.

—Ahi hay en ese barrilito de guangoche. El jumate está colgao al lao. Si no quieres beber del jumate, agárrate un vaso limpio de ahi del trastero.

—¿Ónde están mi tío y mi tía?—preguntó Petrita con cierta curiosidad.

—Tu tía Elvira se jue a la capilla a prender unas velas. Güelve al rato. Y tu tío Abenicio se jue al Cabezón por el correo. Hoy es jueves y le tocaba a él. No estará de güelta hasta la tardecita.

Después que se sirvió agua Petrita, se sentó. Mamá Anita no tenía reloj, pero Petrita sabía muy bien que los minutos se pasaban. *"Anda. Apúrate, antes de que llegue tu tía de la iglesia. No estés ahi con esa pachorra,"* se decía a sí misma. Se echo su trago de agua. Antes de que pusiera el vaso sobre la mesa, le ofreció agua a su abuelita.

—¿Quiere un trago de agua, mamá Anita?

—Sí, hijita. Un traguito, porque el atole salió un poco espeso y pesao. Me quedó arenosa la boca.

Por fin se dio ánimo Petrita. No había que esperar más. Se había llegado el momento de revelar su secreto.

—Pus mamá Anita, estoy muy apuraa—dijo con una nerviosidad que jamás había observado antes en ella, su abuelita—. Mi amá quiere que güelva pronto, pero tengo algo que decile.

La abuelita se quedó anormalmente perpleja. No le gustó el tono de la voz de Petrita. Nunca la había oído hablar de ese modo. Se sentó derechita, a pesar de sus ochenta y cinco abriles. El cojín que usaba en la silla para estar más cómoda parecía haberla despertado. Aquella cara arrugada de buenas a primeras se estiró como correa. Entonces frunció el ceño, arrugándosele la cara de nuevo.

—¿Con qué albricias me caes, hijita?—preguntó con una sonrisita burlesca.

—Pus mañana güelve apá de San Mateo y tengo miedo que . . .

—¿Miedo de qué?—le interrumpió, desesperada por escuchar lo que tenía que decirle.

—Miedo de que me va pegar una turra apá cuando sepa que . . . que . . . que . . .

—¿Qué . . . qué . . . hijita?—dijo aún más desesperada.

—¡Que estoy enferma!

—¡A redo vaya! ¡Dios nos libre de todo mal!—exclamó santiguándose—. ¿Cómo sabes tú eso? ¿Estás segura? ¿No te equivocas?—expresó espantada con aquel chorro de preguntas y un poco fuera de sí.

La mamá Anita costumbraba exhibir un control estoico en situaciones críticas. Era una mujer tranquila y sensible a quienes iban conocidos, vecinos y parientes a pedirle consejos, pero esta vez sintió un sacudón del rebato que llevó. La mamá Anita sabía que este chasco no sería de buen agüero para Petrita. Además, Toribio tenía una personalidad dominante y también era de un

temperamento caprichoso y convicciones bien fuertes tocante a
asuntos que deshonraran a la familia.

—No me equivoco—respondió Petrita, tomando una mano de
mamá Anita y arrimándosela delicadamente al vientre para que la
abuelita se lo palpara y sintiera cómo le venía creciendo.

—No tengo duda alguna—recalcó mamá Anita, que hacía
poco había dejado de ser curandera y partera en Santa Clara y
sus alrededores debido a su edad avanzada—. A propósito, ¿cómo
te sientes?

—Pos cosa extraña que me lo pregunte. Ya llevo varias mañanas que me vienen dando unas bascas, pero mi amá no se ha fijao
en naa, porque me escondo cuando me pegan. Me voy al trochil o
al gallinero. De vez en cuando tamién me dan unos atarantamien-
tos que parece que me voy a desmayar. Esta mañana por poco me
caigo. Y los torzones que me dan.

—¿No le has dicho naa a Tomasita?

—No. No quería que se juera a poner mal amá tamién. Y no
sólo eso. Tengo muncho miedo. Mi apá se va poner como un león.
Otra cosa. Yo se lo quería contar a usté primero a ver qué consejo
me daba. De veras que no sepo qué voy hacer. Me siento tan per-
dida. Me siento tan sola. No sepo par ónde voltear.

—Güeno, hijita. No te acongojes—le aseguró con aquel cariño
típico de una abuelita—. Dios es muy grande y sabe poner sus
medios pa todo. El muchacho—intercaló de repente, más de curiosidad que de interés—, ¿es de por aquí de Santa Clara o diónde?

—Pus, sí. Es uno de mis primos.

Quiso decir primos hermanos . . . carnales, porque la palabra
primo costumbraba usarse aunque no fueran parientes. Pero ya se
le había escapado. En aquel momento se acordó que de niña había
oído platicar a su mamá de que entre primos hermanos nacían

los niños con cola. *"¿Cómo saldrá el mío?"* se preguntaba. Esto le empezó a perturbar. Le conmovía muchísimo, pero la mayor preocupación era por la reacción que tendría su padre.

La abuelita, viendo que la pobre criatura empezaba a temblar y a sollozar, le cortó la palabra.

—No tienes que decirme si no quieres, pero siquiera dime cuánto tiempo hace que pasó todo esto.

—Hace ya como tres meses—le contestó Petrita. Luego prosiguió a contarle casi al pie de la letra todo lo que había sucedido el otoño pasado en la caballeriza con su primo hermano.

Mamá Anita se quedó pensando en todo lo que acababa de escuchar. Se mordía el labio inferior queriendo sujetar un chorro de palabras. Entonces empezó a rascarse la cabeza, primero como para buscarlas y luego como para sacarlas. El ojo gacho, sin que ella se diera cuenta, cambió de semblante de una manera amenazante.

—Güeno, hijita. Si quieres yo hablo con tu amá mañana. ¡Diuna vez! Una cosa como ésta nunca ha pasao en la familia.

—Pero si mi apá llega mañana . . . y estoy con muncho miedo. Por eso me gustaría esperar hasta que él retorne a San Mateo para que usté se lo diga a mamá. Él apenas viene por unos cinco o seis días.

—Güeno, hijita—dijo mamá Anita—. Después que se vaya podemos hablar juntitas las tres con el cura que llega la semana entrante. De aquí a allá pídele a Dios auxilio y rézale a Nuestra Señora de la Luz que te dé juerza y salú con esa criatura.

Petrita volvía a casa y al pasar por delante de la iglesia se topó con su tía Elvira.

—Güenos días, Petra. ¿Cómo te va?

—Bien. Vengo de llevale manteca y espauda a mamá Anita pa

unos antojitos que quiere hacele a en papá que Lega mañana de San Mateo.

—Dile a tu amá que quiero ir a vela cuando tenga tiempo.

—Güeno. Yo le digo.

Las dos siguieron su vereda. Petrita iba cada vez más acongojada. Ahora no sabía por qué su tía le había dicho Petra y no Petrita como de costumbre. *"¿Sabrá ella algo?"* se preguntó. En seguida rechazó la sospecha. *"Tonteras. No son más que tonteras que se le meten a uno en la cabeza."*

Toribio llegó el próximo día. Estaba contentísimo de ver a su esposa y especialmente a Petrita. Abrazaba a las dos y se sonreía. Saltaba como un niño. Hacía apenas unas tres semanas que vino a verlas durante las fiestas navideñas, pero a menudo se tardaba hasta seis meses en volver. Fue una visita corta; apenas pudo quedarse cuatro días. Lo necesitaban en el rancho de Doug Hawkins para llevar a cabo ciertas tareas invernales.

Los pocos días los pasó casi todos con su esposa y Petrita. Sí se dio tiempo para visitar a sus compadres en la placita. También fue a ver a su mamá Anita. Dicha visita era casi un rito para él. Ella le tenía listos unos bizcochitos, empanaditas y molletes. Tomasita y Petrita le habían preparado brel, galletas, carne seca, tasajos de calabaza, rueditas de melón y otros antojos que se llevaría de vuelta en su caballo de carga a la Sierra de San Mateo. En el rancho donde trabajaba no le daban de comer comidas de casa.

Tras su visita de poca duración, Toribio se preparó para marcharse. Prometió regresar en abril cuando empezaban a nacer muchos becerritos. Ya para agosto, y para principios de septiembre, es cuando acababan los vaqueros de señalar, vacunar, descornar y marcar los novillos y las terneras que les faltaban antes de venderlos en octubre o a principios de noviembre.

Dentro de una semana de la despedida de Toribio, fue el cura de Jémez a dar misa en Santa Clara, viaje que hacía una vez al mes. El padre Benvenutti siempre llegaba día sábado por la tarde para poder descansar esa noche antes de dar misa el domingo por la mañana. Esa misma tarde se llevó mamá Anita a Petrita y a Tomasita para pedirle consejo al cura antes de que fuera él a cenar en casa de los mayordomos. Mamá Anita conocía bien al padre, un italiano que, a pesar de su español mocho, no tenía problemas en comunicarse con la gente. Él era una persona muy buena y decente y se llevaba bien con todos sus feligreses.

Llegaron ellas a la iglesia a eso de las cuatro y media, más o menos a la hora en que habían quedado de acuerdo mamá Anita y Petrita, pero la puerta de la iglesia estaba atrancada. Doblaron la esquina y se fueron por la sacristía. Allí era donde escuchaba el padre confesiones los domingos por la mañana antes de misa. Tocaron. Salió el padre Benvenutti, hombre bajito, de unos cincuenta y cinco años de edad, con los hombros un poco agachapados, y un tanto gordiflón. Jamás le faltaba aquella sonrisa con que saludaba a sus devotos.

—¡Buenas *tarde*, mamá Anita! Tengo gusto *por* verla. ¿Cómo sigue de su enfermedad?

—¡Ah! Usté se refiere al telele. Pus me da de vez en cuando. Pero asina ando. ¡A respingos! No hay más remedio. Uno d'estos días ahi voy a quedar estiraa como un alambre . . . como un palo. Toa tiesa.

—Y tú, Tomasita, ¿cómo *se ha* estao? ¿Cómo *te* está Toribio? Hace muncho que no *te* lo veo—preguntó empleando la *te* que tanto le gustaba usar en sus pláticas.

—Está bien. Estuvo aquí hace unos días. Yo tamién ha estao más o menos bien, gracias a Dios.

—Y tú Petrita, ¿cómo te va?—le preguntó el buen cura.

Antes de que pudiera decir algo Petrita, interrumpió de una manera suave mamá Anita.

—Pus a eso venemos—le dijo al padre Benvenutti—. No too está bien; algo se ha trastornao. Tomasita no sabe naa de lo que deseamos hablarle yo y Petrita, pero queríamos que lo supiera ella en presencia de usté. Asina nos puede aconsejar mejor.

Tomasita dio un estirón y se estremeció. Se puso pálida como una ollita de china llena de cuajada. Por poco pega un grito. Estaba asustada sin sospechar por qué. Se cruzó las manos. Parecía que empezaba a rezar. No decía ni jota.

Petrita no la miraba. Estaba con la cara agachada, más de vergüenza que de respeto. Estaba con la vista al suelo, empapándosele los ojos de lágrimas que empezaban a escurrirle por cada cachete antes de ir a dar al suelo de tierra en la sacristía donde comenzaban a formarse bolitas de zoquete.

—Estoy listo pa 'yudarlas pa lo que *possa*—dijo el padre Benvenutti, mezclando italiano con el castellano.

—Hace poco—dijo mamá Anita—vino Petrita a decirme que está enferma, que carga niño . . . porque no sabía qué iba hacer. La porecita vino muy tristona y apenada, porque no sabía qué le haría Toribio. Teme que la maltrate. De Tomasita tamién se apenaba, aunque me dijo que ella tal vez tuviera más compasión . . . se llevan bien. Son güenas compañeras. Güelvo a repetir: es a Toribio a quien creye que habrá ofendido y traicionao más que a naiden. Yo de veras no supe qué decile. No estoy impuesta a estas averías en la familia. Cuando Petrita me contó del chasco, se me vinieron los cielos encima. Por eso me truje a las dos. Por eso venemos hablale, a ver qué consejos nos da usté, padre.

Tomasita prorrumpió en sollozos y se puso a hablar

incontroladamente en voz baja mientras mamá Anita, Petrita, y el cura escuchaban. "Hijita de mi vida. Qué pan duro me haces tragar. ¿Por qué has hecho esto conmigo? ¿Con nosotros? ¿Qué va dijir la gente ora? Tu apá se va endemoniar. Ya sabes lo corajudo que es. Se va poner como un perro enrabiao cuando sepa. Ni quiero pensar lo que dirá . . . lo que hará. Me da un temor bruto. Pero lo que pasó, pasó. Yo haré lo que pueda hijita pa consolarte. ¿Qué más te poo dijir?"

—¡*Te* ves!—declaró el padre Benvenutti—. Ya *te* tienes a dos amigas que te protegen. *Conta* conmigo también. Ya *estamos* tres. Ahora lo que las *propono* yo es decir a Toribio pronto lo que ha pasao con Petrita. Explicar todo, a ver cómo se comporta. Mientras tanto, yo hablaré a los santos.

—Munchas gracias, padre—dijo mamá Anita—. Le estoy muy agradecida. Cumpliremos con su consejo.

Se despidieron las tres de la iglesia y regresaron a la casa de mamá Anita donde pasaron un buen rato Tomasita y Petrita. No se dijo nada. No faltaba qué decir. Se repetiría la escena con el padre Benvenutti otra vez al regresar Toribio de San Mateo.

Con el nacimiento de un montón de becerritos, Toribio se encontró ocupadísimo, de manera que no pudo regresar en abril como había prometido. Para mediados de julio le mandaron a avisar a Toribio que había fallecido mamá Anita, la aliada de Petrita. También tocó la casualidad—o la mala suerte—que el día antes de que llegara Toribio, había nacido el niño de Petrita. No se sabe si la muerte de mamá Anita abrevió el parto o no.

No acababa de plantarse Toribio en Santa Clara cuando le dio Tomasita las malas noticias de Petrita. ¡Fue un golpe terrible! ¡Desde luego que llevó un rebato! Lo sintió hasta el mero tuétano. Las paredes se le venían encima. Su mundo se oscurecía. Se le apagaban las luces del pensamiento. No decía nada. No hacía más que llorar a sollozos. Sentía una traición vergonzosa.

Como era julio y hacía mucho calor, la familia se tardó menos de veinte y cuatro horas en sepultar a mamá Anita. La tendieron y la velaron por la noche en casa de Abenicio y Elvira el mismo día en que falleció; la sepultaron al siguiente día por la mañana cuando todavía hacía fresco. Todo la placita acudió a ofrecerles el pésame a Abenicio y a Elvira y a los Tenorio. También fue gente al entierro de pueblitos cercanos: Cabezón, Ojo del Padre, Casa Salazar y San Luis. Tampoco faltaron de otros lugarcitos a donde había ido a atender a mucha gente mamá Anita en años pasados cuando era curandera y partera. Toda la familia lloraba: unos anegados en llanto; otros en lamentos.

Pero el llanto agónico que más espanto daba en el velorio era el de Toribio. Hasta sus compadres que se encontraban afuera alrededor de la hoguera aquella noche fresca en el desierto comentaban entre sí mismos de lo estrambótico y desatinado que se estaba comportando Toribio. No sabían qué pensar. Gemía y pegaba unos gritos espantosos en una despensa que tenía Abenicio. Allí se había encerrado desde antes del velorio. Salía sólo para ir al escusao. "Jamás tendré un nieto penco," clamaba disparatadamente Toribio mientras que la gente que lo oía sólo pensaba en lo que decía y el por qué.

Para el día del entierro muchos creían que se volvía loco. Los que lo vieron con los ojos esponjados y con las ojeras que le colgaban como carúnculas, se quedaron horrorizados. Estaba bien desmorecido de tanto llorar. Sus ojos parecían un par de uvas concordias que en dado momento se le iban a reventar. Daba miedo verlo así. Parecía la cosa mala.

Toribio no tardó en volver a la despensa después del entierro.

Allí en aquel retiro continuaba su remordimiento. Ya llevaba dos noches desvelado. Llore que llore. Grita que grita. Desatinaba. Sus palabras empezaron a retumbar. "¡Ayyyyy mi Tatita Dios! ¿Qué hice yo pa merecer too esto? ¿Qué no ha sido güen padre? ¿Qué demontres ha hecho yo pa que me castigues asina? ¡Petrita! ¡Petrita de mi vida! Tanto que te quería. Ya too se acabó. Mi consentida. ¡Mira el martirio que me sonsacas! ¡Óyeme! ¡Escúchame bien! ¿Por qué . . . ? ¿Por qué . . . ? ¿Por qué . . . ?"

Llegó el sábado. Abenicio y dos compadres de Toribio, Damacio y Cresencio, lo convencieron que abandonara su retiro sin saber lo que le torturaba, pero temían preguntarle.

Llegó el domingo. Pero no hubo Petrita que le trajera su café a la cama como costumbraba cuando él se encontraba en casa. No hubo lumbre en la estufa. No hubo tortillas o galletas que sopear. No hubo nada.

Se levantó temprano Toribio. Así estaba impuesto de vaquero. El sueño se le había vuelto a espantar. Tomasita, rendida de todo lo que había ocurrido en los últimos días, dormía como un trompo, pues llevaba ya noches que tampoco pegaba los ojos. Con el chisporroteo de la leña que ardía en la estufa y el gorgoteo de la cafetera, la despertó Toribio.

—¿Qué andas haciendo tan de mañana, viejo?—le preguntó cariñosamente—. Ven. Güélvete acostar. Yo te traigo tu café.

—Es que no pude dormir—dijo Toribio—. Se me espantó el sueño. Tú cuida el café hasta que jierva. Yo voy ordeñar la vaca. Tengo ganas de beber café con leche. Ya me tiene cansao esa leche de bote.

—Güeno—añadió Tomasita—. Yo te lo cuido.

Se oyó el golpe de la puerta de alambre de la cocina. Toribio se dirigió al último cuarto de adobes de los cuatro enchorrados donde dormía Petrita con su criatura. Hacía apenas unos momentos que había salido ella al escusao; todavía no volvía. Entró Toribio y vio por primera vez el bultecito bien envuelto en su cobijita azul. No le vio la cara pero tampoco quiso vérsela. No se atrevía a mirar aquel lunar de su deshonra. Sin embargo, lo levantó cuidadosmente para que no pegara un chillido. En el bote vacío de manteca de diez libras que cargaba para ordeñar la vaca, había echado un saco de guangoche. Sacó el saco de guangoche y en él envolvió al recién nacido y se fue hacia el corral. Detrás del corral estaba un tras corral con la vaca de leche y al lado el trochil.

Los marranos lo sintieron; empezaron a gruñir. Tenían hambre. Sabían que era hora de comer. Cogió Toribio un poco de salvado y lo desparramó en el agua que había en la artesa. Al otro lado del trochil cerca de la caballeriza estaba una canoba donde se les echaba la comida seca a los marranos. Allí puso sigilosamente a la criatura y se fue, no a ordeñar la vaca, sino a ensillar su caballo. De pronto lo acogió un silencio tanto por dentro como por fuera. Pensó, *"Jamás tendré un nieto penco."*

No tardó mucho en volver Petrita del escusao. Su mamá oyó la puerta sin saber quién era. Se había quedado dormida.

—¿Petrita? ¿Toribio? ¿Quién anda?

—Soy yo, amá—contestó Petrita.

—Mira ver si ya jirvió el café y quítalo de la estufa pa que se asienten los cunques pa cuando güelva tu apá. Jue a ordeñar la vaca.

—Güeno, amá.

Retiró el café de la estufa y se fue a su cuarto. Encontró la camaltita vacía. No vio más que un hoyito en ella. Desde allí le gritó a su mamá toda espantada,

—¡Amá, amá! El niño, ¿estaba muhino? ¿Estaba llorando o qué?—exclamó Petrita en un estado de pánico.

—No, hijita. ¿Por qué?

—Es que no está aquí en la cama. ¿Tú lo tienes acostao contigo?

—¡No me digas!—dijo Tomasita media muerta de miedo, dando un salto de la cama—. ¡No me digas que se lo llevó Toribio! ¡Dios nos libre! ¡No se le haya metido el diablo en la cabeza! ¡Curre, amos!—exclamó sin pensar en lo que decía.

Petrita rompió por la puerta, corriendo descalza en su camisón. Iba como un relámpago cuesta abajo. Volaba con las piernas en el aire. Se tardó poco en llegar al corral, pero no había señas de su papá.

—¡Apá! ¡Apá!—lo llamaba desesperadamente, pero él no le respondía.

Al dar el último grito oyó un barullo en el trochil, como que los marranos andaban peleando. Gruñían. Se arrimó a ver si su papá andaba echándoles de comer. No, nada. Pero lo que vio la dejó boquiabierta. Atemorizada. Horrorizada. Vio aquellos hocicos trompudos ensangrentados, jalando para aquí y para allá los flequillos azules de una manta. Era todo. No quedaba más.

Se retiró al bramadero en medio del corral. Se dejó caer de rodillas sin aliento, usando las pantorrillas de respaldo. Abrazó el bramadero. Luego se hizo hacia atrás y se hincó con unos sollozos que se le subían y bajaban los pechitos del estrépito y el dolor que sentía dentro de su cuerpo. Cruzó las manos. Estuvo allí largo rato. No se sabe si rezándole a Dios. No se sabe si desculpándose. O si estaba pidiéndole perdón a Dios por el desatino de su padre. La verdad es que no se sabe. El hecho es que no importa.

Sintió Petrita un golpecito en el hombro derecho. Su mamá la había estado vigilando hacía ya unos cuantos minutos. El dolor de una madre no necesitaba explicación. Ni requería comentario. Su cara y el silencio lo decía todo.

—¡Anda, hijita! Vente conmigo. Ámonos a casa. Dios tenga a tu hijito en la gloria. Y a tu apá, que mi Tatita Dios lo juzgue como sea debido por lo que ha hecho. Él quiso mancharse las manos, pus que Dios lo perdone hijita, porque mancha con mancha no se desmancha nada. Allá que se las quite y se las averigüe con Él. Vente hijita—le volvió a suplicar—. Ámonos a casa.

Se abrazaron madre e hija, consolándose una a la otra, y luego empezaron lentamente cuesta arriba para llegar a casa. No tenían largo trecho que caminar, pero la subida, no obstante, se les hizo larguísima hasta que pusieron los pies en aquella casa vacía.

La mamá se fue derecho al cuarto donde tenía su altar con la Corte Celestial para rezar. Cogió de una mesita que estaba al lado una caja de fósforos para prenderle una vela a la Virgen de Guadalupe que dominaba el altar en aquel cuarto semioscuro. Rayó un fósforo, alumbrando un poco mejor el cuarto de lo que estaba.

—¡Santísimo sacramento del altar! ¿Qué es esto?—vociferó, suspirando y apagándosele el fósforo a la misma vez.

Volvió a prender otro fósforo. Con la llama apuntada hacia el suelo de tierra, pudo ver relumbrar dos bolitas blancas. Era un par de ojos volteados en blanco. Era Toribio. Tenía toda la cara ensangrentada.

—¡Válgame Dios! ¿Qué has hecho, Toribio?—chilló Tomasita.

Se había pegado un tiro en la sien al lado derecho. Pegado al cuerpo inerte estaba una .45 de cachas blancas. Era la pistola que solía cargar Toribio en su funda fajada a la cintura cuando andaba de vaquero.

Entre los sollozos y llantos de Tomasita casi, casi se oían unas gotitas de sangre que todavía le escurrían a Toribio por la boca;

goteaban al suelo despacito como un techo que está por dejar de gotearse después de una gran tormenta. Su esposa le acariciaba la cara y le hablaba, pero él callaba. Se hizo ella la señal de la cruz y le echó la bendición. Luego se quitó el tápalo que llevaba puesto y le cubrió aquella cara—una cara que reconoció pero que no parecía la de Toribio.

Parada en la entrepuerta del cuarto del altar, estaba Petrita, moribunda; no hallaba qué decir. Tal vez no quedaba nada por decir. Parecía tragarse toda palabra que estaba por escapársele de la boca mientras que la llama de aquella vela palpitaba de una forma rítmica como si fuera el mismo latido desamparado de su corazón. Hasta el Santo Niño de Atocha, santo predilecto de Toribio, parecía cambiar de semblante en el altar con la llama agonizante.

Al día siguiente, después del entierro de Toribio, regresó la familia a casa. En el potrero no muy lejos del corral halló uno de los hijos el caballo de su padre todavía ensillado con las riendas atadas a la cabeza de la silla. Lo desensilló y se echó la silla en la espalda y la llevó a caballeriza donde la colgó. En una de las alforjas halló el hijo una nota bien dobladita escrita en un pedazo de papel color de arena que decía:

Mi querida hijita,

Con el corazón en las manos y mi alma en revoltijo, te pido perdón por too el martirio que te habré causao. En un momento de rabia, locura y desesperación perdí todo juicio y te deshonré a ti y a uno de los mandamientos de la ley de Dios. Ahora ruego a mi Tatita Dios mesmo que tamién me perdone y que guarde a tu niño en el cielo con toos los otros angelitos.

Y a ti mi querida esposa, te suplico que tamién me

absuelvas de too mal. Traté de ser buen esposo y un padre respetable, pero al final too lo malogré por ser demasiao orgulloso. El orgullo embotó mis sentimientos.

Yo sé muy bien que too juzgamiento resta en manos de mi Tatita Dios, pero quiero que sepas que con el remordimiento y la agonía que me sofocan en este momento, junto con el peso que siento sobre estos hombros míos, no puedo seguir viviendo ni un momento más.

Adiós y que Dios guarde de ustedes.

Toribio

THE CURSED

Punta del Pino, near the Mesa Prieta, is the place where a group of men, already up in years and suffering from physical disabilities, met every spring to discuss their conditions. The discussions weren't to gripe about or malign their misfortune, but to console each other. Among the group were a cripple, a one-eyed person, a one-armed person, a hunchback, a cross-eyed man, a stutterer, and a walleyed man.

The men all came from the Valle de la Esperanza, or the Valle de la Maldición, as two or three of them nicknamed it. None was a neighbor. They weren't even what one might call friends. They lived apart from one another and saw each other infrequently, but their physical defects unified them in a certain way whether they realized it or not. Or at the very least they brought them together once a year.

Three of them, that is, the cross-eyed person, the stammerer, and the walleyed one, believed that their suffering came from God. They were born that way, and that is why they accepted their defects willingly and stoically, although they, like their fellow companions, recognized that their true anguish did not rest solely with their physical disabilities, but with the people themselves who slighted them or made fun of them. It was these people who, in reality, made their lives miserable.

Thus, at Punta del Pino, on a hillside in the country a ways from where the physically handicapped lived, was found a large pine tree that provided good shade. The seven of them had been meeting there for several years. For some of the men more than others, due to a different set of physical circumstances, it was difficult to climb to the spot where the pine tree was located. Coming down was no easier. But at least they were able to spend a good, long while alone, removed from all the hustle and bustle of their respective neighborhoods, insulated from all the gossip. And so they fulfilled their yearly commitment and comforted one another.

At the foot of the pine tree were several clumps of earth where each man sat to chat and share whatever sentiment came to mind. One by one each took his turn. At times their feelings came from the hearts; on other occasions they came from their heads. In some cases it was hard to tell where their thoughts came from.

But one year they got together not to console each other but to let off steam. They were fed up with comfort, compassion, and all the usual psychobabble. The time had come for their discussions to take on a different slant so as to disclose the true reality of their setbacks and the effects of all their ill fortune. They were tired of keeping the true emotions of their day-to-day affliction locked inside. They couldn't bear to spend one more day inside their shells, like tortoises not daring to show their heads. The time had come to uproot the burdensome thorn, the physical torture that constantly scraped each one's heart. The time had come to express what they truly felt in their hearts regarding their physical defects. The first one to speak was the one-armed person.

The One-Armed Person. Well, I am maimed, but it wasn't my choice. Not at all. My right arm is crippled because a baling machine got it into its head—or up its ass—that I should spend the rest of my life like the Manco from Lepanto (and yes, I know something about Cervantes) with my dried-up arm because the machine was hungry. I also want you to know that this flabby and shriveled-up arm hangs like a loose rag or a piece of jerky on a clothesline and foretells each step I take wherever I go. And whenever I travel about in the llano (the plains), and it's windy, wow, forget it! It swings and flops every which way. At times it even wraps around my neck, almost choking me. And you should hear the noise whenever a dust devil strikes! Wow! Well, I must confess that I'm left-handed and right-handed—all in one swoop—and more dexterous than a bullfighter (and yes I also know something about bulls) but not a master of my own being. But it doesn't matter. Lame as I am I can still dish out my own blows and beatings to the son-of-a-bitch who insults me.

The Cripple. Hold it! Hold it! Don't complain too much, my dear friend. It's better to have only one arm than to hop along. At least you can run. What fault is it of mine that the wheels of a horse wagon ran over me? What hope is there for me? Not even when I walk can I stop from dragging this damned leg. I drag it even when I walk on all fours. There are those who think I'm really good at dragging my leg, because they're already familiar with my tracks. But there's no worse tracks than those left behind by this fucking leg. Wherever I go, whether it's walking upright, swaybacked, or bowlegged, I leave tracks like the cottontail rabbit leaves his droppings. And here's another thing, my one-armed friend. The right shoe always wears out before its mate. That's why I always have to buy different shoes. At times they're new, other times secondhand. These are unnecessary expenses because the shoes cost an arm and a leg. They're not free. And the low-top shoes are no less expensive than the high-top shoes because they also have soles. Since I'm in this damn predicament, it would be much better if I could use the shoes to my left foot on the right one so as to save money and not have to wear out so much leather. Don't you think? I have sexual intercourse (I limp) with one leg, but none of you has sex (limps) the way I do. If it weren't for this tree branch that I use as a cane, my sex life (limping) would be even worse.

(The Cripple had barely spoken, confusing the word "coger," to shack up, with "cojear," to limp, when some of his companions burst out laughing. Immediately the one-eyed man, who was anxious to express his sentiments, seized the chance to put in his two cents' worth. The rest, that is, The Hunchback, The Cross-Eyed Man, The Stutterer, and The Walleyed Man, would have to wait their turn, whether they liked it or not.)

The One-Eyed. And why in the fuck are you two complaining? Why, I'm not crippled nor do I have sex with one leg or both legs. I don't have sexual intercourse at all, no, but I also don't see everything I look at. There's nothing sadder than seeing only half of what you yourselves see with two healthy eyes. Listen, when I see a dog walking down the street, I barely make out his two paws and head, or his tail and legs, but not the whole animal. And who in the hell only wants to see a dog's ass? Furthermore, if I'm walking down the street and a mother is headed my way with her daughter, what do you think I see? Well, I can barely make out the mother with my left eye because she's walking toward me on my left, and the daughter who's on the right is lost in the darkness of this eye without light. That's what suffering is like for a one-eyed person like me. And if I could see only with my right eye instead of my left, then what do you suppose I would be able to see? Well, then perhaps I would only be able to see half the girl. And what good does it do to see only one breast instead of two? Besides, what fault is it of mine that a damned billy goat came at me, crashed into me, and left me seeing from one eye just because I caught him mounting the goats in the corral where the bastard wasn't supposed to be? Explain that to me!

The Walleyed Man. Oh, yeah! That's nothing, fellow. When I look at a person she never knows if I'm seeing her with my left eye or with the wandering eye that points in the wrong direction. Yes, I understand very well that people see me with two healthy eyes, yes, but with suspicion. They can't decide whether to look at my left eye or the one that's all screwed up. And do you know why I say what I say and why I know what I know? Because people themselves sometimes look at me with forked eyes, one pointing straight ahead and the other in a different direction, even though they may not realize it. At times even I don't know whether I'm going to go straight ahead or to the right when I'm walking down the street. My eyesight is always wrong. But if someone doesn't like it, he can lump it!

The Cross-Eyed Man. Holy shit! What do you mean cock-eyed, cockatoo, and all that gobbledygook? Who among you has eyes that come together like mine? None of you has two eyes that look like one. No one! When two people are headed my way, I see only one. And if only one is coming, whether she's fat or short, it doesn't matter. It still looks like a skinny person out of El Greco. And yes, I know who El Greco is just like you know, crippled one, who Cervantes is. And not only that, I once saw myself in a neighbor's mirror, and it looked like my eyes were snuggling in bed on top of each other with the eyebrows tickling both of them. And not only that, it looked like two roly-polies shacking up in my head. Now, that's really disgusting. It's really filthy. What could be nastier than seeing one's own eyes as though they were sticking a rod in the radiator (i.e., copulating)?

The Hunchback. Hush! Hush! What do you all know about suffering? You don't know shit from shinola. What you say is nothing but bullshit. You're all dumber than all get out. You're blinder than a brooding hen. I'm the one suffering with two backs: one in front and one in back and both sticking out. Don't come to me with complaints for the sake of complaints. Leave all that to dimwits, not me. Do you see these patches of leftover cloth that I had to sew on to this shirt? It's because I wasn't able to button it when I bought it. None of you has that headache. Am I right or not? Also, when I walk down the street and people see me, they can't tell if I'm coming or going, going or coming. Some people greet me. Others say good-bye. That really bugs me. These damned hunchbacks really fuck me up, but what do you all know if you're not a hunchback and fucked up like me? So, quit nagging me with your bullshit. There are people who say that the hunchback never sees his annoyance, but it's not true. It's twisted, bent, and blindfolded people like you who don't see things as you should. And I didn't get these little humps because I told lies as a child! God only knows why I'm this way!

The Stutterer. And, and, wh, wh, why, do, do, you com, com, plain? It, it's all, pu, pu, ("Puke!" hollered one of them in desperation, and everyone laughed except the stammerer), all pure blow and no show. I, I, I'm tha, tha, one who, who ("Who is what the owl said!" interrupted another one of them, while the poor stutterer was trying to say 'who suffers'). I, I suf, suffer.

(Completely frustrated by his fellow companions who were ruder than people who made fun of him, he said the following words really fast and in that way didn't stutter, but he was left breathless by the time he finished.)

There is nothing uglier in this unfortunate world than not to be able to speak without getting tongue-tied. At times only half of the words come out and the other half I swallow, or instead of saying "I carry two loads," I say "I shit two loads."

(Then, catching his breath, he continued with his monologue but this time slower and with more precision in order to breathe easier.)

Wha, what, what fau, fau, ("Fuck!" shouted another one of them, while the rest burst out laughing), faul, fault, is, is it, of, of mine? You, you, don, don't know, know, the em, embarrass, ("Bare ass!" hollered another one of them), embarrassment, that, that I suffer.

(Feeling desperate once again, he finished by singing his last words because in the church choir that he belonged to, he didn't stammer; rather he sang in the most beautiful voice.)

It is better to be like one of you—maimed, crippled, hunchback, one-eyed, cross-eyed, or with your eyes pointed in two different directions—than to be a stutterer like me. At least you don't get tired of speaking, and you also don't swallow half of what you wish to say. God help all of you for making fun of me. You're all nothing but a bunch of crybabies. That's all I've got to say because there are times when it's better to keep your mouth shut than to spout off like an idiot.

A Voice. Don't complain, any of you. You don't know what suffering is like. At least you know if you're male or female. I don't know what sex I am, and surely each one of you in your youth learned to enjoy sexual encounters although now in your old age perhaps all that remains are the good memories of your amorous adventures. Please bear in mind that there's no worse torture than to spend your eternal life without sex. Think about it!

(They all looked at one another without knowing where such a sweet voice came from. At that very moment they saw an angel fly off from the top of the pine tree and head high up into the sky. It disappeared among the tiny cotton ball clouds.)

LOS MALDECIDOS

La Punta del Pino, cerca de la Mesa Prieta, es el lugar donde se reunía cada año en la primavera un grupo de hombres impedidos ya de edad a discutir su estado físico. Sus discusiones no eran para refunfuñar o maldecir su mala suerte sino para consolarse unos con otros. Entre el grupo había un cojo, un tuerto, un manco, un jorobado, un bizco, un tartamudo y el del ojo desviado.

Todos ellos eran del Valle de la Esperanza, o del Valle de la Maldición, según lo apodaban dos o tres de ellos. Ninguno era vecino. Ni siquiera eran lo que pudiera decirse buenos amigos. Vivían retirados unos de los otros, y se veían muy a lo lejos, pero el defecto físico de cada uno en cierto modo los unía, se dieran cuenta o no. O por lo menos los reunía una vez al año.

Tres de ellos, o sea, el bizco, el tartamudo y el del ojo desviado hacia fuera, creían que su martirio venía de Dios. Así habían nacido, y por eso aceptaban sus defectos resignada y estoicamente, aunque ellos, como también sus otros compañeros, reconocían que el verdadero pesar no restaba exclusivamente con sus defectos, sino con la gente misma que los menospreciaba o se burlaba de ellos. Era esta gente la que de veras les hacía la vida pesada.

Pues bien, en la Punta del Pino, en una ladera en el campo un poco alejado de donde vivían los deshabilitados, se encontraba un pinabete grande que daba su buena sombra. Allí llevaban varios años reuniéndose los siete. A unos más que a otros, por distintas circunstancias físicas, les costaban trabajo subir al sitio donde se hallaba el pinabete. El bajar tampoco les era fácil. Pero por lo menos se pasaban su buen rato solitos aislados de todo el jaleo de su vecindario, retirados de todo el mitote. Así que cumplían con su compromiso del año. Se consolaban unos a los otros.

Al pie del pinabete había unos terrones donde se sentaba cada uno para charlar y compartir cualquier sentimiento que se les venía a la cabeza. Uno por uno iban tomando su turno. Sus pensamientos a veces venían del corazón, en otras ocasiones de la cabeza. En algunos casos no se sabía de dónde sacaban ellos lo que decían.

Pero un año se reunieron no para consolarse unos a los otros sino para destapar el corcho de la botella. Ya estaban hartos de consuelos, compasión y todo el chimisturre de siempre. Ya era hora de que sus discusiones asumieran nuevos giros para revelar la realidad de sus contratiempos y las consecuencias de todo su malestar. Ya estaban cansados de guardar por dentro sus verdaderas emociones del martirio que los acogía día tras día. No podían seguir ni un día más atrapados como una tortuga en su concha sin atreverse a sacar la cabeza. Había que arrancar aquella espina agobiante, aquel tormento físico, que raspaba el corazón de cada uno. Había que expresar lo que de veras sentían en su corazón tocante a su defecto físico. El primero que tomó la palabra fue el Manco.

El Manco. Pos, yo, manco soy, pero no porque lo quise ser. No, manco soy del brazo derecho porque a una máquina de empacar se le metió en la cabeza—o en la rosca—que me pasara el resto de la vida como el Manco de Lepanto (y sí, yo sé algo de Cervantes) con el brazo seco cuando se lo tragó del hambre que tenía. Tamién quiero que sepan que este brazo guango y marchitao que me cuelga como una garra suelta o una cecina de carne seca en la percha avisa cada paso que doy a dondequiera que vaya. Y cuando ando por el llano y hace viento, uh, ¡déjense! Vuela y paletea pa toos rumbos. A veces hasta se me enreda en el pescuezo y por poco me 'hoga. ¡Y si oyeran el ruido que hace cuando pega un remolino, uh, ¡déjense! Pos les confieso que soy diestro y siniestro, todo a la vez, y más diestro que un torero (y sí, tamién sé algo de toros), pero no maestro de mi propio ser. Pero no importa. Asina manco como estoy doy mis macanazos y manotazos al mal parido que me injurie.

El Cojo. ¡Epa! Epa! No te quejes tanto querido amigo. Vale más manco que andar a la pata coja. Por lo menos tú puedes correr a pie. ¿Yo qué culpa tengo que me tramparan las ruedas de un carro de caballos? ¿Qué consuelo me queda a mí? Ni cuando camino dejo de arrastrar esta maldita pata. Hasta cuando ando a gatas la arrastro. Hay quien diga que me arrastra pa 'rrastrar la pata, porque ya conocen mi rastro. Pero no hay pior rodada que la que deja esta pierna rodada. Por dondequiera que ando, ya seiga recto, pando o zambo, dejo vereda como el conejito del campo sus cagarrutas. Y fíjate en otra cosa, querido manco. El zapato derecho siempre se gasta primero que su compañero. Por eso siempre tengo que comprarme otros zapatos. A veces nuevos, a veces de segunda mano. Éstos son costos dioquis porque los zapatos me cuestan un güevo y la mitá del otro. No son regalaos. Y las chanclas no son menos baratas que los zapatos altos porque tamién tienen sus suelas. Ya que estoy en este maldito estao, mejor sería si pudiera usar los zapatos del pie izquierdo en el derecho pa 'horrar un poco de dinerito y no tener que malgastar tanta suela. ¿No creyen? Yo cojo con una pierna, pero ninguno de ustedes coge como yo. Si no fuera por este brazo de árbol que uso de bordón, yo cogería pior.

(No acababa de hablar el Cojo, confundiendo la palabra coger con cojear cuando unos de sus compañeros soltaron la risa. Luego metió la pata el tuerto que estaba desesperado por expresar sus sentimientos. Los demás, es decir, el jorobado, el bizco, el tartamudo y

el del ojo desviado tendrían que aguardar su turno, les gustara o no
les gustara.)

El Tuerto. ¿Y ustedes dos por qué chingaos se quejan tanto?
Pos, yo no soy manco, ni cojo con una ni con las dos piernas. Yo no
cojo del too, no, pero tampoco veigo too lo que miro. No hay cosa
más triste que ver únicamente la mitá de lo que ustedes ven caba-
lito con dos ojos sanos. Miren, cuando yo veigo un perro andar por
la calle, apenas deslindo dos manos y la cabeza, o la cola y las patas,
pero no too el animal junto. ¿Y quién demonios quiere ver apenas
la rosca de un perro? Tamién, si yo voy andando por la calle y viene
una madre con su hija, ¿qué creyen que veigo? Pos, apenas deslindo
a la madre con este ojo izquierdo porque ella viene caminando a
mi lao izquierdo, y la hija que viene a la mano derecha se pierde en
la oscuridá d'este ojo apagao por la nube que tiene. Ése es el sufrimiento de un tuerto como yo. Y si yo pudiera ver sólo con el ojo
derecho en vez del izquierdo, ¿antonces qué creyen que vería? Pos,
antonces tal vez vería sólo la mitá de la muchacha. ¿Y de qué sirve
ver solamente un pecho y no los dos? Además, ¿qué culpa tengo yo
que un chivato se me viniera encima y me diera un topetazo y me
dejara tuerto porque lo pesqué montándose a las chivas en el corral
donde no pertenecía meterse el cabrón? ¡Díganme!

El Del Ojo Desviado. ¡Calla! Eso no es naa camaraa. Cuando
yo miro a una persona nunca sabe si la veo con el ojo izquierdo
o con el ojo desviao que está pal quince. Sí, yo comprendo que la
gente me ve con dos ojos sanos, sí, pero con sospecha. No saben
si fijarse en el ojo izquierdo o en el que tengo pal quince. ¿Y saben
por qué digo lo que digo y cómo sé lo que sé? Porque a veces la
gente mesma me mira con ojos de horqueta, uno par un rumbo
y otro par otro, aunque ellos no se fijen. A veces ni yo mesmo sé
si voy a pescar derecho o pa la derecha cuando voy por la calle.

Mi vista siempre está toa pal quince. Pero al que no le guste, ¡que se empine!

El Turnio. ¡Híjole! ¡Qué pal quince, pal catorce o pal carajo! ¿Quiénes de ustedes tienen los ojos clisaos como yo? Ninguno de ustedes tiene los ojos que parecen dos en uno. ¡Naide! Cuando vienen dos gentes, yo sólo miro una. Y si viene apenas una, ya sea gorda o baja, no le hace. Sale como un galgo del Greco. Y sí, yo sé quién es el Greco lo mesmo que tú, Manco, sabes de Cervantes. Y no sólo eso, yo me vide una vez en un espejo diun vecino y parecía que mis dos ojos estaban acostaos juntitos uno arriba d'otro con las pestañas haciéndoles cosquillas a los dos. Y no sólo eso, parecía que estaban rosquiando dos cuchinillas en mi cabeza. Eso sí que es una bajeza. Es una porquería. ¡Qué cosa más puerca que ver los mesmos ojos diuno con los diuno mesmo como si estuvieran metiendo la macana en la panocha!

El Jorobado. ¡Cállense! ¡Cállense! ¿Qué saben ustedes de sufrir? Ustedes no saben ni madre. Too lo que dicen es un desmadre. Están más tapaos que qué. Están más ciegos que una gallina culeca. Yo soy el que padezco de dos espinazos, uno por delante, otro por detrás y los dos por fuera. No me vengan a mí con quejas, cejas o güejas. Dejen too eso pa las personas pendejas, no pa mí. ¿Ven estos parches de garra que tuve que cosele a esta camisa? Es porque no me alcanzaba a abrocharme los botones cuando la compré. Ninguno de ustedes tiene ese quebradero de cabeza, ¿verdá que no? Tamién, cuando yo voy por la calle y me ve la gente, no saben si voy o vengo, si vengo o voy. Unos me saludan. Otros se despiden de mí. Eso sí que me friega a mí. Estas pinches jorobas sí que me joden, pero ustedes qué saben si no están jorobados y jodidos como yo. De manera que no me estén jodiendo con sus jodederas. Hay gente que dice que el jorobao nunca ve su jodera, pero no es verdá. Es la gente como ustedes chuecos, torcidos con tapojos que no ven las cosas como Dios manda. ¡Y a mí no me salieron estas corcobitas porque dije mentiras de niño! ¡Sólo mi Tatita Dios sabe por qué me tiene asina!

El Tartamudo. ¿Y, y, por, por, por qué se, se, que, que, queja, jan, jan, u, u uste, uste, des? To, too, es, es pu, pu, ("¡Pura mierda!" gritó uno de ellos en desesperación, y soltaron todos la risa menos el tartamudo), puro pedo y poca caca. Yo so, soy, el, el que, que pa, pa, ("¡Patas!" interrumpió otro, queriendo el pobre tartamudo decir padezco). Su, sufro.

(Frustrado por completo con sus compañeros que eran hasta más groseros que la gente misma que se burlaba de él, dijo lo siguiente rapidísimo y así no tartamudeó, pero al terminar quedó sin resuello.)

No hay cosa más triste en este maldito mundo que no poder hablar sin que se le trabe a uno la lengua. A veces me sale la mitá de las palabras y la otra mitá me la trago pa dentro o en vez de dijir, "Yo cargo dos cargas me sale yo cago dos cajas." *(Luego, alcanzando el resuello, continuó su monólogo pero esta vez más despacio y con más precisión para respirar mejor.)*

¿Qué cu, cu, cul, ("¡Culo!" gritó otro de ellos, mientras los demás soltaron la risa), culpa, ten, go yo? Uste, tedes, no, no, sa, saben las, las ver, ver, (" ¡Vergas!" gritó otro de ellos), güenzas, que, que paso.

(Desesperado una vez más, terminó por cantar sus últimas palabras porque en el coro de su iglesia, al cual él pertenecía, no tartamudeaba sino que cantaba en una voz muy linda.)

Es mejor ser manco, cojo, turnio, jorobao, tuerto o con la vista pal quince que no ser tartamudo como yo. Siquiera no se cansan hablando y no se comen la mitá de lo que quieren dijir. Dios que les ayude por burlarse de mí. Ustedes no son más que una bola de llorones. Ya no digo más porque al cabo que a veces vale más callarse la boca que hablar como un tonto.

Una Voz. No se quejen. Ustedes no aprecian lo que es sufrir. Por lo menos saben si son macho o hembra. Yo no sé lo que soy, y seguramente que cada uno de ustedes en su juventud supo gozar de encuentros sexuales aunque ahora de viejos apenas les quedan los buenos recuerdos de sus aventuras amorosas. Sepan que no hay tortura más mala que pasarse la vida eterna sin tener sexo. ¡Piénselo!

(Se vieron unos a los otros sin saber de dónde venía aquella voz tan dulce. En eso vieron un ángel volar de la cumbre del pinabete hacia el cielo. Desapareció entre las nubes que parecían motitas de algodón.)

The Girl with Three Breasts

"Clickety-clack. What girl in this tiny village of El Aguaje has three breasts that go clap, clap, clap?" The sarcastic, mocking, and indiscreet words came from one of the sun-basking old men who liked nothing more than to engage in gossip.

The old fellow was referring to Antoñita Perales, respected daughter of the church mayordomos, don Eligio and doña Apolonia. They had no other children. Two others, twins, a son and daughter, had died at birth a few years back.

Antoñita was seventeen years old. She was tall with a delicate face and shiny, black hair that sparkled in the sun. Her dark black eyes and marblelike smooth, white skin radiated an impeccable air of tenderness and beauty. When she walked through the village she did so with a sense of elegance and pride that was devoid of pomposity, yet contained an air of authority. There was nothing timid about her. One would have thought she was older than seventeen.

But the young lady suffered from a physical defect. Just as the old man had declared in his gossip, it was true. She bore three breasts! From the very moment she was born, it was the first thing the midwife, Lady Julianita, noticed, and she brought it to doña Apolonia's attention. Lady Julianita had been practicing her profession for more than fifty years and over time had seen some strange cases, including babies born with tails, without arms, or one-eyed, but none like Antoñita's.

Doña Apolonia didn't pay much attention until Antoñita got older and her body began to develop, but even then she assured her daughter that it was a passing thing and for her not to worry. Inwardly, however, preoccupation over her daughter's state of mind was gnawing at her conscience, but she kept the matter to herself.

"Wait until Urbano el Vano (the Vain One) meets up with her," forewarned facetiously an idle old man at the home of don Eliseo Maestas, the local barber.

The shiftless old men met there from time to time to gossip since they had nothing else to do but to sit around and tattle, especially during the winter months. One of them was seated on a wooden bench in front of the potbellied stove scraping the wax out of his ears using the sulfur tip of a kitchen match. Another was on his feet with his back to the stove picking his teeth with a piece of broom straw.

Don Eliseo, a plug of tobacco in his mouth, kept clipping away while he gave one of the other old fellows a haircut. The old man in the barber's makeshift chair had fewer hairs on his head than don Eliseo's comb had teeth.

"Urbano will make mincemeat out of her. You couldn't find a better egg for him to crack," exclaimed the old man picking his teeth.

Urbano Cano's parents at one time had been the proprietors of a general store in El Aguaje as well as in charge of the post office, which had been situated in one of several rooms strung in a row, typical of a family with money. They had perished during the influenza of 1918 when Urbano was barely a year old. He inherited a good fortune, but he wasn't able to tap into it until he turned twenty-one.

Until then it was his baptismal godparents, don Gaspar and doña Sotera Tachías, who raised him; such was the custom and responsibility of the godparents in the event that the godchild's parents passed away. They also provided Urbano with an education in accordance with the parents' wishes as had been stipulated in their will. It was a rarity among most villagers to have a will since their property and personal possessions were usually modest at best.

In El Aguaje Urbano only went to the eighth grade because secondary education was not available in the countryside. Later on his godparents sent him to Albuquerque to study with the nuns, where he graduated from high school before returning to El Aguaje. After his return, he remained a scant three years.

With some of his inheritance as spending money in his pocket, Urbano was anxious to get to know faraway lands, so he left El Aguaje when he was twenty-one or so years old. Little by little everyone in the region came to know Urbano. He was tall, svelte, and handsome with blond hair and blue eyes, a rarity among fellow villagers. There were those who claimed that these last two characteristics pointed to his bloodline from northern Spain where blond hair and blue eyes were common. Because of his looks and the fact that he was quite intelligent, Urbano stood out and thus called attention to himself.

As time went on his travels and adventures involving women from different villages evoked a certain curiosity and rumors. He deceived women left and right, promising to marry them. He would befriend a woman one day, and within a week or two he shrugged her off and went after somebody else. He bamboozled these women whether they were wise or simpleminded, pretty or ugly. Whether they were young or old was the least of his worries. "Pleasure is my duty" was his motto. Few women got the cold shoulder, and he dazzled all of them with his eloquence. He had a way with words unlike any other young man. If he didn't leave them like plucked chickens in the chicken coop, he left them drooling in the street.

He was a womanizer par excellence. There was not a home he wasn't acquainted with, inside or out; walls he had not scaled; or fences he had not jumped fleeing from boyfriends, lovers, or husbands. There was hardly a woman, single or married, who had not been his delight or victim. Not even widows in mourning escaped his grasp. "I wonder whose bloodline he inherited," commented one old man as he sat in the sun. "Like father, like son," echoed another who knew his father well.

Stories about his amatory escapades and triumphs became legendary throughout the land. There was scarcely a soul who did not know about Urbano el Vano, whether in El Aguaje or away from it.

Long about twenty-three years of age, tired of a rambling life and the bad reputation that followed him like a shadow on a moonlit night, Urbano decided to return to his tiny village. There he opened a grocery store, El Porvenir, in his parents' home under the pretext of continuing their business tradition. His amorous ventures, according to what he confided in his godparents, were history; they were in the past. Now his new avocation, apart from his business, was reading books, though few people were in tune with his new pastime. Penance or repentance? Only he knew. Selling canned goods and foodstuffs, though, was the last thing on his mind.

If Urbano wasn't busy tending to his customers, he was reading. He loved to read, a fascination he had acquired while studying with the nuns. He read all types of books that came his way or that he borrowed from one or two literate old-timers in El Aguaje.

One gentleman in particular, don Fermín Ortega, was the village scribe. Urbano visited him from time to time since he had a good collection of books. Whenever Urbano wasn't at his grocery store, he was at don Fermín's reading books on philosophy, mythology, and other such things. His favorite books were *Bertoldo,*

Bertoldino y Cacaseno, Genoveva de Brabante, and *Chispitas.* This last one was a compendium of plays depicting Spanish life that Urbano had encountered in don Fermín's library.

"He opens and closes books as though they were women's legs," exclaimed one of the wisecracking old men who spent entire springtime mornings sitting on the ground, resting against the church walls while taking in the sun.

"There's not a woman he has not rocked in bed," retorted another old man who envied Urbano and dreamt of his own amorous adventures.

"Yes," declared another one of them. "There's not a woman he hasn't fondled."

"Well," said another of the gossipers, "perhaps there is one he hasn't had his way with."

Of course Urbano already knew who Antoñita Perales was, although he barely knew her. He had seen her several times at fiestas and dances since returning to set up his business. He was well aware of all the chatter that surrounded her physical situation, but it didn't concern him very much. Nor did the babble surrounding him and what people knew about his personal life.

One early morning Antoñita came into El Porvenir, which surprised Urbano because she rarely visited his store. It was always her mother who did the shopping. As Antoñita entered the store a tiny bell hanging on the screen door rang. At times prankish kids slammed the door just to ring the bell.

"Good morning, miss," came a cordial greeting from Urbano. "What a surprise to see you around here! What can I do for you? Is there something special that you're looking for?" queried Urbano anxiously but formally, reflecting his educational training with the nuns in Albuquerque.

"Yes," she answered without hesitating. "My mother asked me to come after some baking powder and lard."

"For tortillas or bizcochitos?" asked Urbano in a flirtatious sort of way.

"For some bizcochitos that she's going to bake for my little nephew's baptism being celebrated this coming Sunday," answered Antoñita, sporting a serious face.

"Very well, señorita. I have Cudahy and Morrell lard. Which one would you like?"

"Cudahy," answered Antoñita without having to think.

"What about baking powder? Of the two brands that I carry, which one would you prefer? Clabber Girl or KC?" he asked as he grabbed both cans from a shelf nearby and set them on the counter.

"I don't know. She didn't tell me what brand she wanted, but I believe it's the one in the red and yellow can. That's the one we use, because I believe the other . . ."

"You mean Clabber Girl," interrupted Urbano pronouncing the words in perfect English.

"Because the one you just mentioned with the picture of the girl and the bonnet," continued Antoñita, "that's the baking powder of the rich folks." She added these last few words with a touch of sarcasm.

"What else can I get for you, señorita?" asked Urbano, ignoring Antoñita's last words.

"My mother also wanted me to bring home some syrup."

"Ah, do you prefer the one with the car or the one that comes in a cabin?" he asked with a wry smile referring to Karo and Log Cabin. "The one in a car comes in three colors: white, dark, and semidark. The Log Cabin is a combination of the three Karo colors."

"I don't know," responded Antoñita, shrugging her shoulders, a bit confused.

Urbano then placed three bottles of Karo syrup on the counter so she could see the different colors. He put the Log Cabin, which came in a tin can the shape of a log cabin, next to the other syrup. All the attention and friendliness was to prolong Antoñita's visit. It was his way of flirting, something she wasn't used to because all of her experience in El Aguaje had centered on the evil tongues concerning her physical defect.

Upon seeing the bottles of Karo syrup, Antoñita immediately pointed to the white one with the red letters on off-white paper.

"That's the one mother uses whenever she makes white divinity candy," commented Antoñita as she pronounced these last two words in perfect English, surprising Urbano.

"Something else, señorita?" inquired Urbano meekly.

"That's all," replied Antoñita.

"Here you are, señorita."

"How much do I owe you?" she asked while she took out her coin purse from her dress hip pockets.

"Nothing!" exclaimed Urbano, winking at her.

"Ah, my good gentleman," she remarked jocularly, ignoring his flirtatious gesture, placing a fifty-cent piece and two quarters in his right hand. "Courtesy uttered by someone who doesn't know on which side his bread is buttered, sooner or later is bound to stutter, ha?"

On hearing these words Urbano looked at her, perplexed and somewhat speechless, as if he had been hit unexpectedly in the face with the screen door. The words struck him like cold water in his face. She then placed the syrup and baking powder in the leather bag her mother used for shopping and left. The can of lard she carried in her left hand. The last thing Urbano heard was the screen door bang and the little bell ring.

Several old ladies had barely entered El Povenir, but they overheard Antoñita's last words just the same. They weren't at all surprised at her joking rebuke because they knew don Eligio and doña Apolonia's daughter quite well. From time to time the old ladies had spoken with Antoñita at La Chicharra, the well in El Aguaje. Consequently, they were aware that she was on the ball, independent, and one who could defend herself without any trouble.

"She won't be pushed around like a clown. No one's going to cook blue corn gruel in her pan (she's nobody's fool)," muttered one of the old ladies between her teeth so Urbano wouldn't hear her.

"I suppose Urbano thinks she'll act like a blockhead if he excites her. Well, he's got something else coming!" exclaimed another old lady.

"For sure she'll stop him in his tracks. He won't have a chance in hell to ridicule the poor three-breasted girl," added the postmistress, who had just joined her cohorts.

At that given moment Urbano overheard the old women's chatter and spoke loudly, "Be careful! In this life one mustn't judge a plate that has no food," words they understood perfectly well since they, too, enjoyed employing their own concocted expressions amongst themselves.

And what about the group of tale-telling old men? They took stock of who came and went while the sun shone on them as they leaned against the church. As Antoñita went by on her way from El Porvenir, their eyes popped open like saucers, their eyelashes fluttering like Venetian blinds, dying to see what she was carrying in her leather bag.

"Whether right or wrong, Urbano doesn't treat the girl with

three breasts with disdain," muttered an old lady who was drawing water from La Chicharra.

"She's one Urbano el Vano won't get his way with," added another little old lady.

Just as the old men had their spots for gossip, La Chicharra was famous for being the favorite site for the old ladies to chew the fat. That's how they were able to find out the comings and goings of every nook and cranny in the immediate environs. Whether good or bad news, juicy or not, that's where they found out about it. They trawled for stories as if drawing water from the well.

Antoñita's visits to El Porvenir continued with more frequency. Often instead of making one trip, she went two or even three times merely to chat while her mother was visiting her comadres in the *placita*. In spite of her comings and goings to Urbano's store, though, Antoñita remained a strong person and steadfast in her behavior.

It was Urbano who began showing signs of weakness. From a long string of women with whom he had flirted and made the rounds, none in Urbano's eyes compared to Antoñita Perales. His own Don Juanism, lodged in an increasingly remote portion of his memory, started to give way to Antoñita's candy-coated words and friendly gestures. His own flirtatious rhetoric of the past became more and more tender each time Antoñita came into El Porvenir and the little bell rang. It was the sound of happiness! For the moment his heart palpitated with new feelings and emotions, something he had never felt in his life.

Even Antoñita's touching of his hand as she placed money in his whenever she bought an item made him tremble from head to toe. He felt feelings of love and warmth. Eventually he was overcome completely by Antoñita's affection and the tenderness she showed toward him. He was smitten with her charms. Her physical condition had ceased to concern him, but it remained a constant source of meanspirited gossip around the village.

Antoñita's body did not lie; her breasts confirmed the years of prattle and gossip in the community. The young men, in particular those from her village, now looked upon her with repugnance.

"Ooh! Forget it!" remarked a young man who had flirted with Antoñita at school, but who was now turned off. "Who wants a girl with three breasts that point to the east, to the west, and straight ahead?"

"Just in case she hasn't given them names," chimed in another one of the boys, "maybe she should call them Penny, Jenny, and Henny now that she's befriended Urbano el Vano. After all, he's slept with every so-and-so."

Even Antoñita's female contemporaries were repulsed at her physical state and didn't feel the least bit sorry for her.

Antoñita's agony reached such heights that Urbano for the first time in his life began to feel compassion toward a woman. There were those who declared, including the old men in the sun, that his sympathy was turning to passion. Others claimed that it went even further. That it was love! The fact was that the more Antoñita was mistreated, the more Urbano felt sorry for her.

Every time he heard the little bell on the door ring, he'd put aside the book he was reading, jump to his feet, and see if it was Antoñita. If it was, he just about swallowed his heart from being so overjoyed; if it wasn't, his heart sank to his feet from disappointment. Aside from his books, nothing brought Urbano more happiness or pleasure than Antoñita's visits.

For quite some time Urbano felt pangs of love. One day he found out from one of the old women that Antoñita would soon be celebrating her eighteenth birthday. Days went by while he thought of an ingenious way to declare his love for her.

When he least expected it an idea popped into his head: he closed his store and grabbed a bunch of canned goods and small boxes of foodstuffs from the shelves. He lined them up on the counter, contemplated them, mulling them over in his head. Urbano envisioned choosing a letter from each one. Then, with a very sharp knife, he began cutting out a letter in the form of a circle from each can wrapper or box. From Morton's salt, he cut out the *T*, from Del Monte canned peaches he took out the *E* of Del, and from Morrell Lard he chose the letter *A*.

Little by little he cut out the letters he desired—a total of eighteen cans and boxes, one for each birthday and the one Antoñita was about to celebrate. On seeing that a letter was missing from the first two boxes and can that he had selected, a laugh came over him. Each one looked like Cyclops eyeing him! Then the first words popped out at him. Instead of seeing Morton, Peaches, and Lard, what he saw was MorOn POaches LOrd. He smiled, looking around as if to make sure no one was looking at him, even though he had already closed the store.

Immediately he began cutting out the rest of the letters, lining up all eighteen embodying the most important feelings of his life: "I love U. Won't U marry me?" One by one these were the letters he would share with Antoñita every time she showed up at his store. After sharing the first six letters with her, Antoñita's trips increased until he gave her all the letters. Her mother never once suspected anything.

Soon thereafter Urbano spoke with his godparents, don Gaspar and doña Sotera. He informed them about Antoñita and the fact that he wished to marry her. In accordance with his wishes, they went and asked for her hand in marriage. There were no thumbs-down of marriage, none whatsoever. Both families, the Peraleses as well as Urbano's godparents, were elated.

All preliminary arrangements were discussed, and several traditions were ultimately carried out—from asking for hand in marriage, engagement ceremony, and reception, to the grand wedding dance—that were customarily celebrated in communities like El Aguaje. The wedding took place in September in honor of Urbano's parents, both of whom were born during this month.

Within a year—precisely during the month of June—triplets, two boys and a girl, were born to Urbano and Antoñita. Showing her very strong religious upbringing Antoñita insisted from the very onset, without Urbano objecting, on naming them Jesús, María, and José in honor of the Holy Trinity, whose patron day was in June. These were the names given to them at the baptismal font by the godparents—Urbano's own godparents—before June came to a close. Little angels, if at all possible, were to be baptized within thirty days of being born in case of a serious illness or death.

From one day to the next Antoñita's attitude changed concerning the physical state that had tormented her for years. Now she looked upon her three breasts not as a curse but as a blessing from God, her Father Almighty. Now more than ever she remembered her beloved mother who used to say to her, "My dear daughter, don't pay any attention to people who make fun of you. And don't pay attention to those gossipy old men who have nothing else to do but to meddle in other people's affairs. Remember, 'God doesn't punish you with sticks and stones.'" That is why Antoñita, though conscious of her abnormality, had rarely maligned it in spite of the agony she had suffered at the hands of schoolmates and other insensitive people.

She now took consolation in seeing how people admired her babies. Almost everybody congratulated Antoñita for having such pretty and healthy babies, including her former classmates, who now felt a sense of remorse for having mistreated her in the past. The little old ladies of La Chicharra remained her unwavering allies. And what could be said with respect to the garrulous old men? Why, nothing! They didn't change at all. They continued in their merry old ways.

One day Antoñita and her children were headed for El Porvenir—the kids must have been about seven or eight years old—because she needed some things from the store. Besides, the kids loved to go because their father always gave them candy.

They weren't too far from the store when all of a sudden one of them shouted, "Let's see who can ring the little bell first." At that very moment Jesús tripped José, and both landed on the ground. María didn't wait for them to get up but took off like a bolt of lightning and beat them. There she was with a wry smile waiting at the entrance for her little brothers when they got there covered with dirt.

Antoñita opened the door, ringing the little bell, and they went in one by one. Urbano, who had just waited on a customer, quickly came out from behind the counter as he heard the children's voices. He gave each one a hug before greeting Antoñita.

"Good morning, my dear," said Urbano affectionately. "What a surprise! What brings you here?"

"We came after some things that I forgot to tell you to bring home this afternoon."

There were the children, helping their mother, looking first for one thing and then another on the shelves, as if it were a game of hide-and-seek. One ran this way, another one ran that way, at times bumping into each other, at times tripping over one another, but they had a good time before taking off.

"Okay, let's go," shouted Antoñita while the children kept running throughout the store. "I have lots to do at home."

"Come, come, children!" said Urbano. "Look what I have for you," and he gave each one a lollypop.

On the way home, Antoñita decided to stop by the church to light a few candles and say a few prayers. As she got close the first thing she saw was the church bell. Then she saw the same old scene—the sun-basking old men seated against the wall, but this was one of the few times they had seen Antoñita with her three children.

"Do you suppose she breast-fed all three at the same time?" said one of them, smiling sarcastically as Antoñita entered the church.

"Mom, what did that man say?" asked María who was sharp like her mother.

"Nothing," answered Antoñita brusquely, while Jesús and José were horsing around without paying attention to the gossipy old man. "Every dog has its day, and one of these days those old tale-tattlers will get theirs," she muttered under her breath as she opened the door to the church.

"What? What did you say, Mom?" queried María.

"One of these days I'll explain it to you and your little brothers."

Within time the people of El Aguaje began to view the sun-basking old men more like a distraction than entertainment. From the group only two or three who were left went to spend their moments with don Eliseo. The rest had passed on. Don Eliseo himself was now up in years.

Sooner or later Jesús, María, and José reached puberty. From

206 ✿ NASARIO GARCÍA

time to time they would hear gossip here and there or at school about their parents. The chatter was heard more than anything else among the older schoolmates, who surely had heard something from their parents or grandparents. But the Cano children by and large pretended not to hear. Nevertheless, María, fed up with what was said and with curiosity getting the best of her, told her mother about the schoolmates' chatter.

That same evening when Urbano got home from the store, Antoñita gathered her children to explain to them certain things that she had promised María some time ago. Antoñita told them the following, but without malice, while Urbano listened.

"Listen, my children. Whatever you hear about your mom or dad, whatever the gossip may be, don't pay any attention. What is important above all else is that the deep love and the affection I feel for your father and he toward me, is the same love and affection that we have for you."

"Your mom is right," chimed in Urbano.

"Remember my children," continued Antoñita as she looked at Urbano with twinkling eyes of affection, "that there's no better shield on this earth against evil tongues than the love of a united family, because where there's love and harmony, there's happiness."

"Your mom's right," repeated Urbano once again, showing his agreement by nodding his head.

"Besides, as your father well knows," said Antoñita with a wry smile recalling her first visit to Urbano's store, "there's no more delicious bizcochitos than those made with KC baking powder and Cudahy lard. Right, dear?"

"That's right," affirmed Urbano, sporting a slight smile.

LA MUCHACHA DE LOS TRES PECHOS

—¡A lo hecho pecho! ¿Qué muchacha en este pueblito del Aguaje tiene tres pechos?—palabras sarcásticas, burlescas e indiscretas que venían de uno de los viejos resolaneros que no les gustaba más que estar mitoteando.

El anciano hacía referencia a Antoñita Perales, hija respetable de los mayordomos de la iglesia, don Eligio y doña Apolonia. Ellos no tenían más hijos. Dos otros, gemelos ellos, un hijo y una hija, habían muerto durante el parto muchos años atrás.

Antoñita tenía diez y siete años de edad. Era alta con sus buenos toques de finura. El pelo azabache brillaba con el sol. Sus ojos bien negros y la piel blanca y lisa como mármol le daban un aire impecable de ternura y hermosura. Cuando caminaba por su pueblito lo hacía con elegancia y orgullo pero sin aires de jactancia. Sus pasos firmes contenían un aire de autoridad. No había nada de tímida en ella. Se hubiera creído que contaba con más de los diez y siete abriles que cargaba.

Pero la jovencita padecía de un defecto físico. Tal como había proclamado en su mitote el viejo, era verdad. ¡Ella tenía tres pechos! Desde el momento en que nació fue lo primero que notó la partera, señá Julianita, y se lo advirtió a doña Apolonia. Señá Julianita llevaba más de cincuenta años practicando su oficio y a través de los años había visto casos bastante raros, incluso niños que habían nacido con cola, sin brazos o tuertos, pero ninguno como el de Antoñita.

Doña Apolonia no hizo mucho caso hasta que Antoñita Perales fue creciendo y su cuerpo empezó a florecer, pero todavía con todo le aseguraba a su hija que era algo efímero y que no se preocupara. Sin embargo, la preocupación por el estado mental de su hija seguía molestándole la conciencia, pero guardaba todo ello dentro de sí misma.

—Espérensen a que la conozca Urbano el Vano—advirtió jocosamente uno de los viejos resolaneros en casa de don Eliseo Maestas, el peluquero.

Allí solían reunirse los viejos mitoteros ya que no tenían más oficio que estar chismeando, especialmente en el invierno. Uno de ellos estaba colocado en una tarima delante del fogón sacándose la cera de los oídos con la punta de azufre de un fósforo de palito. Otro estaba de pie con la espalda hacia el fogón sacándose la comida de entre los dientes con un popote.

Don Eliseo, con su ploga de tabaco en la boca, continuaba sus tijeretazos mientras le cortaba el pelo a uno de los otros viejos. Dicho viejo, sentado en lo que se podría llamar una silla de peluquería, tenía menos pelos en la cabeza de lo que tenía dientes el peine de don Eliseo.

—Hará sopa con ella Urbano. A mejor estrella no estrella— exclamó el viejo del popote, entre picotazos de los dientes.

Los padres de Urbano Cano en una época habían sido propietarios de una tienda de abarrotes en El Aguaje. También se encargaban de la estafeta, la cual estuvo situada en una de las habitaciones alineadas una tras otra, típico de una familia adinerada. Ellos habían fallecido en la influenza de 1918 cuando Urbano apenas tenía un año. Heredó su buena herencia, pero no pudo disfrutarla hasta haber cumplido los veintiún años.

Hasta ese entonces fueron sus padrinos de bautismo, don Gaspar y doña Sotera Tachías, los que lo criaron; tal era la costumbre y la responsabilidad de los padrinos si morían los padres de un ahijado o una ahijada. También educaron a Urbano de acuerdo con los deseos acordados en el testamento de sus padres. Era cosa rara entre los aldeanos dejar un testamento ya que su propiedad y los bienes personales eran, cuanto más, pocos.

En El Aguaje Urbano solamente terminó el libro ocho porque la secundaria no existía en el campo. Después lo enviaron los padrinos con las monjas en Alburquerque donde se graduó del libro doce antes de regresar al Aguaje. Después de su regreso, apenas permaneció unos tres años.

Con plata en el bolsillo que gastar de su herencia y desesperado por conocer tierras lejanas, Urbano se marchó del Aguaje cuando tenía veintiún años y pico. Poco a poco todo el mundo en la región fue conociendo a Urbano. Era alto, esbelto y guapo con pelo rubio y ojos azules, algo raro entre la población de su pueblito. Hubo quien dijera que estas dos últimas características se debían a su sangre española del norte de España donde el pelo rubio y ojos azules eran cosa común. Debido a sus facciones y el hecho de que era muy inteligente, Urbano se destacaba y como consecuencia llamaba la atención.

Con el tiempo sus recorridos y aventuras con las mujeres de otros pueblitos llegaron a provocar cierta curiosidad y rumores. Las engañaba al derecho y al revés con promesas de matrimonio. Enamoraba a una un día y ya dentro de una o dos semanas se deshacía de ella e iba en pues de otra. Engatusaba a estas mujeres ya fueran ingenuas o simples, ya fueran bonitas o feas. Tuviera suela el zapato o no, era lo de menos. "El placer es mi deber," solía decir. A muy pocas desairaba, y a las demás las captivaba con su retórica. Tenía su proprio don con palabras que jamás se había visto en un joven como él. A las que no dejaba desplumadas como pollas en su gallinero, las dejaba con la baba colgando en la calle.

Era un mujeriego por excelencia. No había domicilio que no conociera por dentro o por fuera, tapias que no hubiera escalado, o cercos que no brincara escapándose de novios, amantes o maridos. Poca era la mujer, soltera o casada, que no hubiera sido su deleite o víctima. Ni las mismas viudas de luto se le zafaban. "¿A quién habrá salido?" comentaba uno de los viejos resolaneros. "De tal palo tal estilla," exclamó otro de ellos que conoció bien a su padre.

Los relatos acerca de sus andanzas amatorias y de conquista llegaron a ser legendarias por todas partes. No hubo quien no se enterara de Urbano el Vano, ya fuera en El Aguaje o bien lejos de allí.

A eso de los veinte y tres años, cansado de una vida errante y la mala fama que lo perseguía como una sombra a la luz de la luna, Urbano decidió regresar a su pueblito. Allí abrió una tiendita de abarrotes, El Porvenir, en la casa de sus padres con el pretexto de continuar su tradición comerciante. Sus aventuras amorosas, según les confesó a sus padrinos, eran historia; restaban en lo distante. Ahora su nueva afición, a parte de su negocio, era leer libros, aunque poca gente estaba al tanto de su nuevo interés. ¿Penitencia o arrepentimiento? Sólo él sabría. El vender los jarros de comida y comestibles, era lo de menos preocupación para él.

Si Urbano no estaba ocupado atendiendo a sus clientes, se la pasaba leyendo. A él le encantaban los libros, una fascinación que había adquirido estudiando con las monjas. Leía todo tipo de libro que caía en sus manos o que pedía prestado a uno o dos ancianos alfabetos del Aguaje.

Había un señor en particular, don Fermín Ortega, el escribano del pueblito, a quien visitaba con frecuencia. Él tenía su buena colección de libros. Cuando Urbano no estaba en su tiendita, se pasaba sus buenos ratos en la biblioteca de don Fermín leyendo libros de filosofía y mitología, entre otros temas. Sus libros favoritos eran *Bertoldo, Bertoldino y Cacaseno, Genoveva de Brabante*, y *Chispitas*. Éste último era un conjunto de dramas sobre la vida española que había encontrado Urbano en la biblioteca de don Fermín.

—Abre y cierra libros como si jueran piernas de mujeres— exclamó uno de los viejos majaderos que se pasaban las mañanas de primavera sentados en la tierra, respaldados contra la pared de la iglesia mientras disfrutaban del sol.

—No queda mujer a quien no haiga camalteao—dijo otro de los viejos que envidiaba a Urbano y soñaba con sus mismas aventuras amatorias.

—Sí—declaró otro de ellos—. No hay mujer a quien no se le haiga atrincao.

—Güeno—dijo otro de los viejos chismosos—, hay una con quién quizás no haiga bailao el trompo.

Claro que Urbano ya sabía quién era Antoñita Perales, aunque no la conocía del todo. La había visto varias veces en fiestas y bailes desde que regresó a establecer su negocio. Estaba al tanto de toda la habladuría que había circulado respecto a Antoñita y su situación física, pero esto no le preocupaba mucho. Tampoco le inquietaba el mitote tocante a él mismo y lo que sabía la gente de su vida personal.

Un día por la mañana entró Antoñita en El Porvenir, lo cual le sorprendió a Urbano porque era contada la vez que ella visitaba su tiendita. Siempre era su mamá la que iba de compras. Al entrar Antoñita repicó una campanita que estaba colgada en la puerta de alambre. A veces eran algunos muchachos traviesos los que le daban un golpe a la puerta para que repicara la campanita.

—Buenos días, señorita—saludo cordial de Urbano—. ¡Qué sorpresa verla por acá! ¿En qué puedo servirle? ¿Hay algo en particular que usted busque?—preguntó él de una manera anciosa mas formal, recordando su formación educativa con las monjas en Alburquerque.

—Sí—contestó ella sin hesitar—. Mi amá me encargó que viniera por espauda y manteca.

—¿Para tortillas o bizcochitos?—preguntó él de una manera coqueta.

—Para unos bizcochitos que va 'cer para el bautismo de mi sobrinito que se celebra este domingo que viene—contestó Antoñita con una cara seria.

—Muy bien, señorita. De manteca tengo las marcas Cudahy y Morrell. ¿Cuál de las dos le gustaría?

—Cudahy—contestó Antoñita sin pensarlo.

—¿Y espauda? De las dos marcas que tengo, ¿cuál prefiere? ¿Clabber Girl o KC?—preguntó mientras cogía ambas latas de un estante que estaba cerca y las puso en el mostrador.

—No sé. No me dijo mamá qué marca quería, pero yo croque la del bote colorao y amarillo. Ésa es la que usamos, porque croque la otra . . .

—La de Clabber Girl—interrumpió Urbano, pronunciando las palabras en un inglés perfecto.

—Porque ésa que acaba de mentar usté con el retrato de la muchacha y la papalina—, continuó Antoñita—, es la espauda de los ricos—, añadiendo estas últimas palabras con un toque de sarcasmo.

—¿Qué más se le ofrece señorita?—preguntó Urbano sin hacerle caso a las últimas palabras de Antoñita.

—Mi amá tamién me encargó que llevara miel.

—Ah, ¿usted prefiere la del Karro o la de la Cabaña?—preguntó con una sonrisita refiriéndose a las marcas Karo Syrup y Log Cabin—. La del Karro viene en tres colores: blanca, oscura y la claro-oscura. El color de la de Log Cabin es una combinación de los tres colores de Karo.

—Yo no sé—respondió Antoñita encogiéndose de hombros, un poco confusa.

Urbano luego colocó tres botellas de miel Karo sobre el mostrador para que viera ella los distintos colores. Él puso la de la Cabaña, la cual venía en un bote de lata en la forma de una cabaña, al lado de las otras mieles. Toda aquella atención y gesto de cortesía era para prolongar la visita de Antoñita. Era su manera de pelar la pava a lo cual no estaba acostumbrada ella, porque toda su experiencia en El Aguaje había tenido que ver con las malaslenguas sobre su defecto físico.

Al ver las botellas de Karo Syrup, en seguida apuntó Antoñita a la miel blanca con el letrero rojo y el papel medio blanco.

—Ésa es la que usa amá cuando hace dulces blancos, *white divinity*—, comentó Antoñita pronunciando estas dos palabras en un inglés perfecto, todo lo cual dejó a Urbano turulato.

—¿Algo más señorita?—preguntó Urbano un poco dócil.

—Es too—contestó Antoñita.

—Aquí tiene usted, señorita.

—¿Cuánto le debo?—preguntó ella mientras sacaba su guardamonedas de la bolsa de su túnico.

—¡Nada!—exclamó Urbano, haciéndole un guiño.

—Ah, mi güen caballero—le dijo jocosamente sin darle importancia al gesto coqueto, colocándole una moneda de cincuenta centavos y dos de dos reales en la mano derecha—. La cortesía de boca, al que nada le toca, tarde o temprano poco enboca, ¿eh?

Al oír estas palabras Urbano, se quedó mirándola perplejo y hasta mudo como si le hubieran dado súbitamente con la puerta en las narices. Las palabras le pegaron como agua fría en la cara.

Luego colocó ella la miel y la espauda en una maleta de cuero que usaba su mamá cuando iba de compras y se marchó. La manteca la llevaba en la mano izquierda. Lo último que oyó Urbano fue aquella campanita de la puerta de alambre.

Apenas acababan de entrar unas viejitas en El Porvenir, pero de todas formas oyeron las últimas palabras de Antoñita. A ellas no les sorprendió aquella expresión de boca, toca y emboca, porque ellas mismas conocían bastante bien a la hija de don Eligio y doña Apolonia. De vez en cuando las ancianas habían hablado con Antoñita en La Chicharra, la noria en El Aguaje. Por eso es que sabían que ella era lista, independiente y una chica que se podía defender sin ninguna dificultad.

—No se deja porque no es pendeja. No hay quien haga atole en su bandeja—susurró entre los dientes una de las ancianas para que no la oyera Urbano.

—A poco creye Urbano que es una idiota si la alborota. ¡Pues ya verá como se le ponen las peras a dos reales!—exclamó otra vieja.

—Ella sí que le para el macho. Al derecho o al revés, no llegará a tratar con despecho a la pobre con tres pechos—dijo la estafetera, que acababa de acompañar a las otras compañeras.

En eso oyó Urbano el chismorreo de las ancianas y habló en voz alta,

—¡Cuidado! En esta vida no hay que juzgar el plato sin comida—palabras que entendieron perfectamente bien ellas, ya que también les gustaba emplear sus chorros de expresiones que seguramente habían inventado entre ellas mismas.

¿Y qué más digamos de los viejos chuchos? Ellos vigilaban a ver quién iba y venía mientras les pegaba el sol atrincados contra la iglesia. Al regresar Antoñita del Porvenir abrían los ojos como platos con aquellas pestañas largas y anchas que parpareaban como persianas desesperados por ver qué cargaba ella en la maleta.

—Al derecho o al revés, a la muchacha de los tres pechos no la trata Urbano con despecho—murmuró una señora anciana que sacaba agua de La Chicharra.

—Con ella no llega a coser habas Urbano el Vano—añadio otra viejita.

Igual que los viejos tenían sus sitios para chismear, La Chicharra tenía fama de ser el sitio predilecto de las viejas para averiguar la garra. Así se enteraban de todas las idas y venidas de cualquier rincón o esquina por todos aquellos alrededores. Fueran buenas o malas las noticias, picantes o no, de allí las sacaban ellas como si fuera sacar agua de la noria.

Las visitas de Antoñita al Porvenir continuaban con más frecuencia. A menudo en vez de hacer un viaje, iba dos o hasta tres veces simplemente para charlar con Urbano mientras su madre estaba de visita en casa de sus comadres en la placita. A pesar de sus idas y venidas a la tienda de Urbano, Antoñita permanecía fuerte y firme en su modo de ser.

Era Urbano el que se rendía más y más. De todo un sinfín de mujeres con quienes había pelado la pava y rondeado, nadie a su parecer se comparaba a Antoñita Perales. Su mismo don juanismo, remontado en un rincón lejano de su memoria, empezó a dar lugar a los gestos amistosos y palabras garapiñadas de Antoñita. La misma retórica coqueta de antes venía transformándose en algo más tierno cada vez que entraba Antoñita en El Porvenir y repicaba la campanita. Era el sonido de felicidad. Por el momento el corazón de Urbano palpitaba nuevos sentimientos y emociones, algo que jamás había sentido en su vida.

Hasta los mismos toques de mano de Antoñita al colocarle ella dinero en la mano cuando compraba cualquier cosa, le daban a él temblores de regocijo desde los pies a la cabeza. Sentía sacudidas de amor y calor. Tarde o temprano se vio acogido íntegramente por el cariño de Antoñita y el apego que ella manifestaba hacia él. Estaba picado con ella. Su condición física había dejado de preocuparle a él, pero continuaba siendo un motivo persistente por toda la placita gracias al mitote y a las malaslenguas.

El cuerpo de Antoñita no mentía; sus pechos confirmaban los años de mitote y chismorreo en la comunidad. Hasta los varones, en particular los chicos de su pueblo, ahora la veían con asco.

—¡Uh! ¡Déjate!—comentó un joven que antes le había hecho ojitos a Antoñita en la escuela, pero que ahora le repugnaba—. ¿Quién quiere a una muchacha que tiene un pecho con tres pechos que apuntan pal levante, pal poniente y pa 'delante?

—Por si acaso no les ha puesto nombres—intercaló otro de ellos—que les ponga Alicia, Delicia y Felicia, ya que ahora tiene de amigo a Urbano el Vano. A fin de cuentas, él ha dormido con toda aquella fulana.

Hasta a las mismas jóvenes contemporáneas de Antoñita les desagradaba su estado físico sin compadecerse en absoluto de ella.

Llegó a tal extremo el tormento de Antoñita que Urbano por primera vez en su vida empezó a sentir punzones de compasión acerca de una mujer. Hubo quienes dijeran, incluso los mismos viejos resolaneros, que la condolencia de Urbano se venía convirtiendo en pasión. Otros acertaban que iba aún más allá. ¡Que era amor! El hecho es que Urbano cuanto más maltrataban a Antoñita, más se condolía de ella.

Cada vez que oía la campanita repicar, hacía al lado el libro que leía, y pronto se ponía de pie para ver si era Antoñita. Si era ella, se le subía el corazón a la garganta de contento; si no era, se le caía a los pies del desconsuelo. Aparte de sus libros, nada le causaba mayor gozo o deleite a Urbano que las visitas de Antoñita.

Por un largo tiempo Urbano sintió punzadas de amor. Un día se enteró de una de las ancianas que pronto cumpliría Antoñita sus diez y ocho años. Por varios días se pasó horas pensando en una forma ingeniosa de declarar su amor.

Cuando menos quiso se le vino una idea a la cabeza: cerró su tiendita y cogió de los estantes un montón de latas y cajas pequeñas de comida. Las alineó sobre el mostrador. Allí las estuvo contemplando. Las repasaba en su mente. Se imaginaba Urbano que de cada una sacaría una letra. Luego con una navaja muy filuda fue cortando en círculo una letra de cada lata o caja. Al de sal de Morton, le quitó la *T*. Al bote de Del Monte Peaches le cortó la *E* de la palabra Del. A la caja de Morrell Lard le sacó la *A*.

Poco a poco fue cortando la letra que deseaba—diez y ocho latas y cajas en total, una para cada año que había cumplido Antoñita, y el que estaba por celebrar. Al ver que le faltaba una letra a las dos primeras cajas y lata que había escogido, le sobrevino una risa. ¡Cada una de ellas lo veía como si con ojos ciclópeos! Luego las primeras palabras le saltaron a la vista. En vez de Morton, Peaches y Lard, lo que vio fue MorOon POaches LOrd. Se sonrió, dando un vistazo por todos lados como para estar seguro de que nadie lo estuviera viendo, aunque ya había cerrado la tienda.

Pronto cortó el resto de las letras y alineó las diez y ocho con el sentimiento más importante de su vida: "Te amo de todo corazón." Estas letras, una por una, serían las que compartiría Urbano con Antoñita cada vez que se presentara en su tiendita. Tras compartir las primeras cinco letras con ella, los viajes de Antoñita fueron aumentando hasta que le dio todas las letras. La madre de Antoñita nunca sospechó nada.

No tardó mucho Urbano en hablar con sus padrinos, don Gaspar y doña Sotera. Les informó lo de Antoñita y el hecho de que quería contraer matrimonio con ella. De acuerdo con el gusto de él, fueron ellos y pidieran la mano de Antoñita. No hubo calabazas, ni mucho menos. Ambas familias, tanto los Perales como los padrinos de Urbano, quedaron por las nubes de contentos.

Se discutieron todos los arreglos preliminares y se llevaron a cabo varias de las tradiciones—desde el pedimento, el prendorio y la recepción, al gran baile de boda—que solían celebrarse en comunidades como El Aguaje. La boda fue en septiembre en honor de los padres de Urbano, mes en que habían nacido ambos.

Dentro de un año—en el mero mes de junio—les nació a Urbano y a Antoñita un trío de hijos, dos varones y una hembra. Ella, de una formación muy religiosa, insistió desde un principio, sin oponérsele Urbano, en nombrarlos Jesús, María y José en honor de Nuestra Santísima Trinidad cuyo día de santo caía en junio. Éstos fueron los nombres que les pusieron los padrinos—los mismos padrinos de Urbano—en la pila del baustismo antes de cerrarse el mes de junio. A los angelitos, si era posible, había que bautizarlos dentro de treinta días de haber nacido en caso de una enfermedad grave o muerte.

De la noche a la mañana cambió de actitud Antoñita en cuanto a su estado físico que la había torturado por años. Ahora veía sus tres pechos no como un mal sino una bendición de su Tatita Dios. Ahora más que nunca recordaba las palabras de su querida madre que solía decirle, "Hijita, no le hagas caso a la gente que se burla de ti. Y tampoco les hagas caso a esos viejos chufunetes que no tienen más oficio que estar averiguando la garra. Acuérdate que 'Dios no castiga con palos ni azotes.'" Por eso Antoñita, aunque consciente de su anormalidad, jamás la había maldecido a pesar de los tormentos que había sufrido gracias a sus compañeros de clase y a otra gente insensible.

Ahora se consolaba al ver cómo admiraba la gente a sus niños. Casi todo el mundo felicitaba a Antoñita por tener unos hijos tan guapos y sanos, incluso sus compañeros de clase que ahora se sentían culpables de haberla maltratado en el pasado. Las viejitas de La Chicharra continuaban siendo sus más fieles aliadas ¿Y qué había que decir de los viejos chuchos? ¡Pues nada! Ellos no cambiaban. Eran lo de siempre.

Un día iban Antoñita y sus hijos al Porvenir—tendrían ellos sus siete u ocho años—porque necesitaba ella algunas cosas de la tienda. Además, a los hijos les encantaba ir porque su papá siempre les daba dulces.

No estaban muy lejos de la tienda cuando de buenas a primeras gritó uno de ellos, "A ver quién repica la campanita primero." En ese dado instante le echó la zancadilla Jesús a José y fueron a dar los dos a la tierra. María no esperó que se levantaran sino que arrancó como un relámpago y les ganó. Allí estaba con una risita esperando a sus hermanitos a la entrada cuando llegaron ellos todos revolcados.

Abrió Antoñita la puerta, sonando la campanita, y entraron uno por uno. Urbano, que acababa de atender a un cliente, pronto salió de detrás del mostrador al oír las voces de sus niños y les dio un abrazo a cada uno antes de saludar a Antoñita.

—Buenos días, mi 'ja—le dijo Urbano cariñosamente—. ¡Qué sorpresa! ¿Qué hacen por acá?

—Vinimos por unas cosas que se me olvidó decirte que llevaras a casa por la tarde.

Allí andaban los niños ayudándole a su mamá, buscando una cosa y luego otra en los estantes, como si fuera un juego de busca y escondite. Uno corría por aquí, otro por allá, a veces dándose topes, a veces tropezando uno contra otro, pero pasaron un buen rato antes de marcharse.

—Güeno, ya, vámonos—gritó Antonita mientras que los niños seguían corriendo por toda la tienda—. Tengo muncho que hacer en casa.

—¡Vengan, vengan, hijitos!—dijo Urbano—. Miren lo que tengo—y les dio un dulce de palito a cada uno.

Camino a casa, decidió Antonita parar por la iglesia a prender unas velas y a rezar unas cuantas oraciones. Según se acercaba lo primero que vio fue la campana de la iglesia. Luego vio la escena de siempre—a los viejos resolaneros sentados contra la pared, pero ésta era una de las pocas veces que veían ellos a Antoñita con sus tres hijos.

—¿Será que les dio de mamar a los tres a la mesma vez?—dijo uno de ellos, sonriéndose sarcásticamente según iba entrando Antoñita en la iglesia.

—Amá, ¿qué dijo ese hombre?—preguntó María que era lista como su madre.

—Naa—contestó Antoñita bruscamente, mientras que Jesús y José iban retozando sin hacer caso al viejo chucho—. A todo santo se le llega su día, y uno d'estos días se les llega a esos viejos chufunetes—murmuró en voz baja al abrir la puerta de la iglesia.

—¿Qué, qué dijites amá?—preguntó María.

—Uno d'estos días te explico a ti y a tus hermanitos.

Con el tiempo la gente del Aguaje empezó a ver a los resolaneros no como una diversión sino una distracción. Del grupo apenas quedaban unos dos o tres e iban a pasar sus ratos con don Eliseo. Los demás habían fallecido. Don Eliseo mismo contaba con sus buenos años.

Tarde o temprano llegaron a ser jovencitos Jesús, María y José. De vez en cuando oían uno que otro chisme en la escuela sobre sus padres. El mitote se oía más que nada entre los escueleros mayores, que seguramente habían oído algo de sus padres o abuelos. Pero los hijos de los Cano por lo general se hacían los sordos. Sin embargo, María, harta de lo que se decía y sin poder aguantar más la curiosidad, le contó a su madre de los chismes de los escueleros.

Esa misma tarde cuando llegó Urbano a casa de la tienda, reunió Antoñita a sus hijos para explicarles ciertas cosas que le había prometido a María hace tiempo. Antoñita les dijo lo siguiente, pero sin ningún rencor, mientras Urbano escuchaba.

—Miren, hijitos. Oigan lo que oigan de su amá o de su apá, seiga lo que seiga el mitote, no hagan caso. Lo que importa más que nada es que el amor profundo y el cariño que siento yo para su padre y él para mí, es el mismo amor y cariño que sentimos nosotros para ustedes.

—Dice bien su mamá—añadió Urbano.

—Acuérdesen hijos—continuó Antoñita mirando a Urbano con unos ojitos de afecto—, que no hay mejor protección en este mundo contra las malaslenguas que el amor diuna familia unida, porque donde hay amor y armonía, hay alegría.

—Dice bien su mamá—volvió a repetir Urbano moviendo la cabeza que sí.

—Además, como bien sabe su padre—dijo Antoñita con una sonrisita recordando su primera visita a la tienda de Urbano—, no hay bizcochitos más sabrosos que los que están hechos con la espauda KC y la manteca Cudahy. ¿Verdá, viejo?

—Es cierto—acreditó Urbano con una sonrisita.

Glossary

This glossary is aimed at the Spanish-speaker who is unfamiliar with the regional dialect of northern New Mexico, although some terms may be recognizable just the same. They include archaisms such as *vide* (*vi*), *cuasi* (*casi*), or *tresquilar* (*trasquilar*), or the adoption of English words into Spanish, invariably referred to as Anglicisms. Examples are *breca* (brake) and *cranque* (crank). Countless words have come to us from Mexico; *cuzco*>greedy is but one example. Others are of indigenous origin (e.g., *zoquete*>lodo>mud). Of course New Mexico has its own share of indigenous words, among them *cunques*>coffee grounds. Limitless others exist that deviate from the norm in pronunciation; hence we have *culeca* (*clueca*), *polvaderas* (*polvaredas*), and the like. Finally, New Mexico enjoys an array of words of local creation (*destragado*>dehydrated) or others that at times take on their own local meaning (*soroche*>bastard/bitch), all of which add to the embellishment and richness of New Mexican Spanish.

Regional Terms	Standard Words	Translation
'cabar	acabar	to finish
'cer	hacer	to do; to make
'garrar	agarrar	to catch; to grab
'hogar	ahogar	to choke; to drown
'hogara	ahogara	(until) he/she/you choked
'ija	hija	dear (term of endearment)
'rrastrar	arrastrar	to drag; to stand out

Regional Terms	Standard Words	Translation
'rreglé	arreglé	I arranged/fixed
'yudarlas	ayudarlas	to help them (women)

A

a en papá	a papá	for dad
abreviaron	aceleraron	they hurried
acabates	acabaste	you finished
acostao(s)	acostado(s)	lying down; resting
acuérdesen	acuérdense	remember
acuéstesen	acuéstense	go to bed
afollar	echar/tirar un pedo	to fart; to let wind
agachapados	agachados	stooped over
ahi	ahí	there
aigre	aire	air, wind
ajuero	agujero	hole
alcahuetes	bribones	scoundrels
almorzar	desayunar	to have breakfast
amá	mamá	Mom
ámonos	vámonos	let's go
amos	vamos	let's go; we go
andao	andado	walked
antonces	entonces	then
apá	papá	Dad
apagao	apagado	extinguished; snuffed out
aplomaos	aplomados	to be slow (e.g., a person)
apretao	apretado	tightwad; tight
aprovechaos	aprovechados	meanspirited
apurao	apurado	in a hurry; hurried
arrastrao	arrastrado	foot dragger
arrear	manejar	to drive

Regional Terms	Standard Words	Translation
arreglao	arreglado	arranged; fixed
arrendamos	regresamos	we'll return; we returned
arrentao	alquilado	rented
arrimarse	acercarse	to get close; to come close
asina	así	thus; like; so
asoleaos	asoleados	to get too much sun
ataimaos	taimados	lazy
atrancada	cerrada	locked
atrincada	contra	close to; up against

B

bailao	bailado	danced (with)
bajo	abajo	underneath
bañates	bañaste	bathed
bestias	caballos	horses
biroles	frijoles	pinto beans
bocaos	bocados	bites
bogue	carruaje	buggy; carriage
bolote	borlote	festive dance
breca	freno de mano	hand brake
brel	pan	bread (sheepherder's)
broche	imperdible	safety pin
bultecito	objetecito	small object
bulto	fantasma	dark object

C

cachete	mejilla	cheek
cajete	tina	tin tub
cállesen	cállense	shut up; keep quiet

Regional Terms	Standard Words	Translation
camalta	cama (cama alta)	bed
camalteao	camalteado	rocked in bed (sexually)
camaltita	camita (cama altita)	small bed
camaraa	camarada	fellow worker
camaraas	camaradas	companions
cansao	cansado	tired
capao	capado	castrated
capeaba	saludaba	was waving (greeting)
caridá	caridad	charity
carpa	tienda	tent
causao	causado	caused; prompted
cerraos	cerrados	closed; shut
cicatero	tacaño	frugal; tightwad
cobijas	mantas	blankets
cochinadas	porquerías	dirty stuff
cojín	almohadón	couch pillow; cushion
colgao	colgado	hung; hanging
colorao	colorado	red
corajudo	de mal genio	quick-tempered
cormillo	colmillo	eyetooth; tusk
cosele	coserle	to sew to it (shirt)
cranque	manivela	crank (to start a car)
creye(n)	cree(n)	s/he believes; they believe
creyes	crees	you believe
creyo	creo	I believe
criatura	niña(o)	baby
croque	creo que	I believe
cuasi	casi	almost
cuchinilla	rechoncha	roly-poly
cuidao	cuidado	careful
culeca	clueca	broody (hen)

Regional Terms	Standard Words	Translation
cunques	poso; sedimento	coffee grounds; dregs
curre	corre	run; scoot
cuzco	tacaño	stingy; frugal

CH

chalequear	aflojar	to fork out money
chalequiarle	apurarle	to get going
chanate	testículo	testicle
chasco	lío	an unpleasant thing
chimisturre	chimisturria	stew; concoction
chingaos	chingados	screwed up; fucked up
chuchos	mitoteros	tattletales
chuchuluco	bombón	hard candy
chuecos	ladeados	crooks; crooked
chufunete	chifonete	tattletale
chulita	pene chiquito	tiny penis

D

d'esos	de esos	of those; pertaining to those
d'estógamo	de estómago	related to stomach
d'esta	de esta	of this; from this
d'este	de este	of this one; from this one
d'este	de este	of this; from this
d'estos	de estos	of these; from these
d'otro	de otro	from another
decile	decirle	to tell him/her
déjesen de	déjense de	stop (playing)
demasiao	demasiado	too much; a lot
descaraos	descarados	scandalmongers

Regional Terms	Standard Words	Translation
desesperaos	desesperados	desperate
desfondarse	echar/tirar un pedo	to fart; to let wind
despaletar	despaletillar	to split (legs)
destragao	desecado	dehydrated; thirsty
desviao	desviado	walleyed
dijiera	dijera	for him/her to say
dijir	decir	to say; to tell
dijirte	decirte	to say to you; to tell you
dijites	dijiste	you said
dineral	dinerazo	lots of money
diónde	de dónde	from where
dioquis	deoquis; gratis	free; free of charge
diun	de un	of a(n)
diuna	de una	of a(n)
duérmasen	duérmanse	go to sleep

E

edá	edad	age
embocarle	apresurarle	to step it up
emporcar	ensuciar	to get dirty (clothes)
endemoniarse	enfadarse	to get angry
enrabiao	enfadado	angry
ensangrentao	ensangrentado	bloodied; full of blood
esculcar	buscar	to search for
escusao	retrete	outhouse; toilet
espauda	levadura en polvo	baking powder
espéresen	espérense	wait
esquerosos	asquerosos	filthy mouths
estafetera	administradora de correos	postmistress

Regional Terms	Standard Words	Translation
estao (n.)	estado	state (e.g., New Mexico)
estao	estado	state (condition); (have) been
estesen	estense	keep (quiet)
estilla	astilla	chip; splinter
estiraa	estirada	stretched

F

fijao	fijado	noticed
flate	pinchada	flat (tire)
flojos	perezosos	lazy
fósforo	cerilla	match (kitchen)
fundillo	nalgas	butt

G

Grantes	Grants	(city in New Mexico)
gratitú	gratitud	gratitude
guango	flojo	loose
güeja	cabeza	head
güelta	vuelta	turn; return
güelva	vuelva	(until) you return
güelve	vuelve	you return
güélvete	vuélvete	come back
güelvo	vuelvo	I return
güen	buen	good
güeno	bueno	good
güevo	huevo	egg; testicle

Regional Terms	Standard Words	Translation

H

ha	he	I have (haber)
hablale	hablarle	to speak to him/her/you
hablao	hablado	spoken
hacele	hacerle	to make him/her;
		to do to him/her;
		to force him/ner
haiga	haya	there is (haber)
helao	helado	frozen
híjola	hijo	goodness gracious; damn
hinchao	hinchado	swollen; puffed up
huevones	perezosos	lazy

I

impuesto	acostumbrado	accustomed to
íntica	idéntica	identical; spitting image of

J

jalaba	halaba	he/she/you pulled; would pull
jalla	halla	he/she finds
jaló	haló	he/she/you pulled
jarros	latas	tin cans
jedentina	hedentina	smell; stench
jierva	hierva	(until) it boils
jirvió	hirvió	he/she/you boiled
jodederas	fastidio; quejas	harassment; naggings
jodera	molestia	annoyance
jorobao	jorobado	hunchback

Regional Terms	Standard Words	Translation
jorupa	cacharro	jalopy
joto	maricón	gay; homosexual; fag
jue	fue	he/she/you/it went
juera	afuera	outside; out
juera	fuera	(until) he/she/you went
jueran	fueran	(until) they/you went
juerza	fuerza	strength; force; power
jui	fui	I went
jumate	cazo; cucharón	dipper (for water)

K

L

lambiscón	pelotillero	bootlicker; ass-kisser
lao	lado	side
lela	espantada	aghast; stupefied
leva	chaqueta	jacket
levantates	levantaste	you got up

LL

llevale	llevarle	to take to him/her/you

M

m'hijito	mi hijito	my dear son/boy
majes	idiotas	nitwits
malacacha	malvado	meanspirited person
malcriao	malcriado	misbehaved child
malcriao	malcriado	disobedient
maliciar	sospechar	to suspect

Regional Terms	Standard Words	Translation
malvao	malvado	wicked; evildoer
mandao	encargo	errand
mantenidos	holgazanes	bums
marchitao	marchitado	wilted
mascala	mascarla	to chew it
méndigo	mendigo	beggar
menudita	picadita	cut into small pieces (meat)
mesma(o)	misma(o)	same
mitá	mitad	half
mocho	destrozado	butchered; broken (Spanish)
mondoncito	pene chiquito	small penis
monecilla	monacillo	altar boy
muhino	mohino	moody
muncho	mucho	a lot

N

naa	nada	nothing
naiden	nadie	nobody
nalgatorio	nalgas	buttocks
necita	necesita	s/he needs; you need

Ñ

O

ónde	dónde	where
ora	ahora	now
oscuridá	o(b)scuridad	darkness
oyites	oíste	you heard

Regional Terms	Standard Words	Translation
	P	
pa	para	for
pacá	para acá	here
pajarito	pene chiquito	tiny penis
pando	pando; borracho	swaybacked; tipsy
pantera	primoroso	dapper
papalina	papelina	sunbonnet
par	para	for
parao	parado	stopped
pasao	pasado	past
payasadas	tonterías	foolishness
pedile	pedirle	to ask him/her/you
pegado a	cerca de	close to
pelaos	pelados	tramps
pendejos	idiotas	idiots
perroderas	pedorreras	string of farts
perrodo	pedorro	flatulent; "farter"
pesao	espeso	thick
pinta	penitenciaría	penitentiary
pior	peor	worse
plantarse	marcharse; vestirse	to depart; to dress up
plebe	muchachos	boys; kids
plebecita	muchachos	kids; children
polvaderas	polvaredas	dust storms; clouds of dust
poo	puedo	I can
popote	paja	straw (broom)
porecita	pobrecita	poor thing
pos	pues	well
pus	pues	well

Regional Terms	Standard Words	Translation
	Q	
¡Quihúbole!	¿Qué tal?	what's up?
	R	
ratón volador	murciélago	bat
rebato	alarma	fright; unsuspected bad news
recio	rápido	fast
regalaos	regalados	given; rewarded
relaje	vergüenza	embarrassment
retrato	fotografía	photograph; picture
revolcados	ensuciados	full of dirt; dirty
rodada	vereda; desgraciada	footsteps; SOB
rodada	maldita	Godforsaken; bitch
rodaos	hijos de puta	SOBs
rosca	nalgas; ano	buttocks; ass
rosquiar	joder	to fuck
	RR	
	S	
sacao	sacado	removed
salemos	salimos	we leave; we left
salú	salud	health
saludes	saludos	regards
sanavabiches	sons-of-bitches	SOBs
seiga	sea	to be (ser)
señá	señora	lady
sepo	sé	I know
soroches	malvados	bastards; bitches
suera	suéter	sweater

Regional Terms	Standard Words	Translation
	T	
taite	tacaño	tightwad
talega	pene	penis
taleguita	pene corto	short penis
tamién	también	also
tapa	techo	hood (car); roof
tapaos	tapados	dense
Tatita Dios		my dear God
telele	soponcio; desmayo	fainting spells
terregueros	polvos	clouds of dust
toa	toda	all
toavía	todavía	yet; still
tomao	borracho	drunken; tipsy
tonteras	tonterías	stupid acts; foolishness
too	todo	all
topó	encontró	s/he ran into; s/he saw
trabajao	trabajado	worked
traicionao	traicionado	betrayed
trailo	traerlo	to bring it
trajeado	vestido	dressed up
traquiamos	traqueamos	we beat each other up
trastes	platos	dishes
treparse	subirse	to climb
tresquilalo	trasquilarlo	to shear; to clip
trochil	pocilga	pigsty; pigpen
trompa	boca	mouth; snout
troquita	camioneta	small truck
truje	traje	I brought
túnico	vestido	dress
turnio	bizco	cross-eyed; cross-eyed person
turra	paliza	beating; flogging

Regional Terms	Standard Words	Translation
	U	
usté	usted	you
	V	
veigo	veo	I see
vela	verla	to see her
vendible	caseta	merchandise/food/fruit/stand
venemos	venimos	we come; we'll come
verdá	verdad	truth
vide	vi	I saw
vites	viste	you saw
	W	
	X	
	Y	
	Z	
zambo	patizambo	bowlegged
zamparse	meterse	to stuff (food)
zoquete	barro; lodo	mud
zurrates	evacuaste; cagaste	you crapped; evacuated

Idioms

Some idiomatic expressions listed here may be found in Hispanic communities of northern New Mexico, beyond my own Río Puerco Valley, while still others (e.g., *a pesar de*) are common among Spanish-speakers everywhere and therefore have been omitted. Virtually all idioms, however, are those I learned from my grandparents, aunts and uncles, and my own parents in our community of Ojo del Padre northwest of Albuquerque. Special are those from my father who had a knack for using expressions not generally found in books or dictionaries. Others such as *ponerse águila* or *en cueros* can be found in Spanish classics such as *Lazarillo de Tormes* (1554), a picaresque novel, or Cervantes's *Don Quixote* (1605, 1615), respectively. Their linguistic influence found its way to New Mexico during colonial times. Today the foregoing language attributes, both imported or of local creation, are fading into oblivion among Hispanics as the old folks (*los viejitos*) depart this earth and their grandchildren and great-grandchildren by most accounts reject Spanish and aspire to learn only English.

Idiom	Translation
¡Ándele!	Let's get with it! Get a move on!
¡A qué güeno!	That's great!
¡A redo vaya!	Good gracious!
¡Con razón!	No wonder!
¡Hijo 'e la patada!	Damn! Good gracious! Holy shit! (translation depends on context)

Idiom	Translation
¿Le quedo debiendo algo o no?	Do I owe you something or not?
¡No me digas!	You don't say!
¿Qué demontres habrá pasao?	I wonder what in the devil has happened?
¿Qué demontres he hecho yo?	What in tarnation have I done?
¡Qué espantajo ni que nada!	What a spectacle!
¡Que se empine!	S/he can go to hell!
¡Quihúbole!	What's up?
¡Vieja soroche!	Old nag! That old bitch!
¡Ya la fregamos!	We've had it! That's it! We've cooked our goose!

A

a cada rato	every once in a while
a escondidas	on the sly
a gusto	comfortable
al aire libre	out in the open
al cabo	anyway; in any case
al derecho y al revés	left and right; whether coming or going
amanecer bien crudo	to wake up with a terrible hangover
a media tarde	quite late
a mejor estrella no estrella	he couldn't find a better egg to crack
a poco creye	I suppose s/he believes
arrastrarle a uno	to be good at something
arriba fue a dar	up it went
a tirar chancla se ha dicho	let's go burn shoe leather (dance)
a toda carrera	at full speed; in a big hurry
averiguar la garra	to meddle in someone else's affairs; to chew the fat

Idiom	Translation
B	
bajársele la cena a uno	to let one's food settle
bailar el trompo	to get one's way
buscar y buscar como tonto	to look and look like a fool
C	
casi ni lo echaba de menos	he hardly missed him
cerrao de mollera	dense; stupid
con las medias caídas	dragging one's feet; to be late
con razón estás . . .	no wonder you're . . .
contar con sus buenos años	to be up in years
creerse más entrón	to show extreme bravery; to think of oneself as hot stuff
creérselas (creyérselas) uno	to boast; to brag; to show conceit
D	
darle rabia a uno	to get angry
de buenas a primeras	in no time at all; quickly
de dos por tres	in a flash; in a jiffy
dejarle dicho a uno	to let one know; to leave a message
de segunda mano	secondhand (store)
destapar el corcho de la botella	to let off steam
de una vez (diuna vez)	right away; immediately
E	
echarle de contado	to cuss or to curse someone
echar sapos y culebras	to rant and rave
el diente molacho no miente	a missing tooth doesn't lie; evading the truth is foolhardy
en cuanto iba saliendo	just as he was leaving

Idiom	Translation
en cueros	in the nude; naked
entre verde y seco	just so-so
en un decir amén	in the blink of an eye
es contada la vez	it's rare; scarcely
es lo que tengo entendido	that's what I understand
eso te sacas	that's what you get
está que pica (el frío)	it's biting (the cold)
estaban con las orejas en el aire	their ears were perked up
estar al tanto	to be on top of things; to know the latest (gossip)
estar de güelta	to be back; to return
estar enferma	to be pregnant
estar pal quince	to be all screwed up
estirar los codos	to rest your elbows
estoy con la tripa clara	I'm starved to death
es un desmadre	it's a total chaos or wreck

G

güenos días le dé Dios	good morning (may God grant you a good day)

H

hacer ojitos	to flirt
hacer sopa con ella	to make mincemeat out of her
hecho a la medida	tailor-made

I

ir bien plantadito	to be all dressed up; dapper
ir en pues de	to go after (someone or something)
irle mal a uno	to fare badly; to have bad luck

Idiom	Translation
J	
jue a partirle la madre	he went to beat the shit out of him
L	
le toca a él	it's his turn
levantar la casa	to tidy up the house
LL	
llegar a coser habas	to have one's way
M	
meter la macana en la panocha	to have sexual intercourse; to screw
metiéndole chancla a la tierra	stepping up the pace
muy a lo lejos	very infrequently
N	
no darle la cara a uno	to snub; to refuse to give someone the time of day
no darse fruta	fruit is not harvested
no demos por alto	let's not gloss over
no hay que juzgar el plato sin comida	one musn't be judgmental
no hay quien haga atole en su bandeja	nobody's going to mess with her; she's nobody's fool
no hubo calabazas	there was no snubbing
no le hace	it doesn't matter
no le hace aprecio	he doesn't pay attention to him/her
nomás	as soon as
nomás en cuanto	no sooner

Idiom	Translation
nomás en cuanto iba saliendo	just as he/she was leaving
no sabe ni madre	he/she doesn't know shit from shinola
nos pesca arrastrando la cola	he'll find us dragging our feet
nos va (a) llegar gente	we're expecting company
no tiene más oficio que . . .	he has nothing else to do but . . .

O

ochenta y cinco abriles	eighty-five years old

P

padecer de la vista	to suffer from bad eyesight
pararle el macho a uno	to stop someone in his tracks
pararon todos las orejas	they all perked up their ears
pegar los ojos	to fall asleep
pegó un grito	s/he shouted; let out a holler
pelar la pava	to flirt
poner los medios	to find a way (out of a predicament)
ponérse águila	to be on one's toes
ponérsele las peras a dos reales a uno	for the going to get tough (rough)
por poco	almost; nearly
puro pedo y poca caca	a lot of hot air; all blow and no show

R

ropa de gala	all dressed up; Sunday best

S

sacar a bailar	to ask to dance

Idiom	Translation
salir pal quince	to screw up; to come out on the short end
se le espantaba el sueño	he/she would wake up
se le sube la mostaza	he'll get hot under the collar
se le volvieron atolate las piernas	his legs turned rubbery
se picó con ella	he fell head over heels over her
se soltó llorando	he/she started crying
se te va hinchar el cuajo	you're going to rot in bed

T

tengo entendido	it's my understanding
tuviera suela el zapato o no	whether she was young or not

U

un güevo y la mitá del otro	an arm and a leg; a pretty penny

V

vale más que no vayas	you better not go

W
X
Y

ya andaba en sus copas	he was already tipsy
ya se comen las grandes (tripas) a las chiquitas	I'm ravenous
ya se los haiga	you'll get yours; you're in for it